KB267879

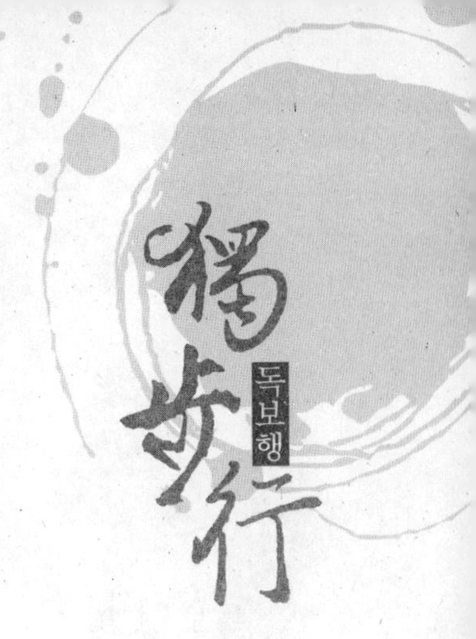

獨步行

독보행

임영기 新무협 판타지 소설

FANTASTIC ORIENTAL HEROES

독보행 10

임영기 新무협 판타지 소설

초판 1쇄 찍은 날 § 2013년 7월 26일
초판 1쇄 펴낸 날 § 2013년 8월 2일

지은이 § 임영기
펴낸이 § 서경석

편집부장 § 권태완
편집책임 § 박가연
디자인 § 신현아

펴낸곳 § 도서출판 청어람
등록번호 § 제1081-1-89호
등록일자 § 1999. 5. 31
어람번호 § 제2-2372호

주소 § 경기도 부천시 원미구 심곡2동 163-2 서경B/D 3F (우) 420-822
전화 § 032-656-4452팩스 § 032-656-4453
http://www.chungeoram.com
E-mail § chungeorambook@daum.net

ⓒ 임영기, 2013

ISBN 978-89-251-3395-9 04810
ISBN 978-89-251-3153-5 (세트)

10

독거일보(獨巨一步)

[완결]

獨步行

독보행

임영기 新무협 판타지 소설

FANTASTIC ORIENTAL HEROES

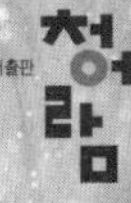

도서출판 청어람

第九十九章

친구여

쏴아아…….

싱그러운 물소리가 깊은 계곡의 적막을 깨면서 잔잔하게
울리고 있다.

지금은 한겨울이지만 이곳은 장강 이남지역이고 또 깊은
산중이라서 계류가 얼지 않는다.

굽이쳐서 흐르는 계류의 폭은 오 장 남짓이고 중간에 바위
들이 솟아 있으며 떠내려온 굵은 나뭇가지들이 여기저기에
걸려 있다.

인적이라고는 없는 계류 가의 널찍한 자갈밭에 대무영이

상체를 걸친 상태로 엎어져 있다.

상류에서 떠내려오다가 이곳에 이르러 계류 가장자리 자갈밭으로 떠밀려온 것 같았다.

입고 있는 옷은 갈가리 찢어져서 알몸이나 다름이 없는데 꼼짝도 하지 않았다.

사실 대무영은 지금 엎드려 있는 곳에서 이틀 동안 미동조차 하지 않았다.

만신창이가 된 상태에서 천 길 낭떠러지로 추락을 했으니까 이미 죽었다고 해도 전혀 이상한 일이 아닐 것이다.

그의 하체는 허리까지 계류에 잠겨서 물결이 넘실거리고, 산발한 채 어지럽게 흩어진 머리카락이 얼굴을 뒤덮었다. 뺨을 자갈밭에 대고 있는 그의 얼굴은 창백하다 못해서 푸르스름한 기운이 어렸다.

그때 문득 그의 눈이 찡그려지면서 뺨이 바르르 잔 경련을 일으켰다.

"으으……."

그리고는 입술 사이로 고통스러운 미약한 신음 소리가 새어 나왔다.

그리고서도 한참이 지나서야 그의 눈이 매우 힘겹게 떠졌다.

하지만 전혀 움직일 수 없는 그가 한쪽 눈으로 볼 수 있는 시계(視界)는 한정되어 있다. 아무리 눈동자를 굴려도 손바닥만 한 자갈밭과 앞쪽에 놓인 커다란 바위의 밑부분밖에는 보이지 않았다.

다른 사람 같았으면 이런 상황에 처하면 답답해서 미치고 환장하겠지만 그는 천성적으로 침착하고 느긋한 성격이라 다시 눈을 감고 어떻게 된 일인지 기억을 더듬었다.

마지막 기억, 즉 절벽 위에서 천무천인을 만나 스스로 낭떠러지 아래로 몸을 내던졌던 일이 제일 먼저 떠올랐다.

절벽 위에 무생과 임우청이 죽어 있는 것을 봤으며 평락이 낭떠러지 아래로 날려 떨어졌다는 말을 듣고 대무영은 비분강개했었다.

그리고 자신과 함께 천성관으로 가자는 천무천인의 말을 듣고 대무영은 그 상황에서 자신이 할 수 있는 최선의 길을 선택했었다.

즉, 스스로 낭떠러지에서 뛰어내리는 것이다. 만약 천무천인에게 제압되어 천성관에 끌려간다면 어떤 일을 당할지 깊이 생각해 보지 않아도 짐작할 수 있다.

천무천인은 대무영을 간단하게 죽이지는 않을 것이다. 대제자 사도헌을 죽인 것에 대한 보복이나, 나운정이 대무영을 도운 것에 대한 징계, 그리고 주지화마저 그를 사랑하고 있다는 사실에 대한 배신감에서의 보복 같은 것이 줄을 이었을 것이 분명하다.

더구나 대무영은 천무천인에게 짓뭉개기를 적중시켜서 수치를 안겨주었으니 거기에 따른 보복도 있을 터이다.

지금 돌이켜 생각해 봐도 천무천인에게 제압되지 않고 낭떠러지에서 뛰어내린 행동은 무척 잘한 일이었다.

어차피 천무천인에게 제압당하면 온갖 고통과 수모를 겪다가 종국에는 죽음을 당할 것이다.

그럴 바에는 스스로 목숨을 끊는 것이 훨씬 잘했다. 하지만 대무영의 끈질긴 생명력은 쉽게 끊어지지 않았다. 지금 그가 어떤 상황에 처해 있는지는 모르겠으나 한 가지 분명한 사실은 살아 있다는 것이다.

살아 있으면 그것으로 됐다. 설사 불구가 됐더라도 목숨만 붙어 있으면 언젠가는 기필코 천무천인에게 복수를 할 수 있을 테니까 말이다.

"후후후… 나는 죽지 않았다……."

그의 입술 사이로 신음이 아닌 웃음소리가 흘러나왔다. 죽지 않았다는 사실은 그에게 작은 승리를 했다는 기분을 느끼게 해주었다.

또한 살아 있음으로 인해서 복수를 할 수 있게 됐다는 자신감을 심어주었다.

죽어버리면 끝이다. 육신은 채 한 달이 지나기도 전에 썩어서 짐승과 벌레들에게 먹히고 뜯겨서 분해되어 흙으로 돌아가고 만다.

하지만 살아 있다는 것은 무궁무진함이고 무엇이든지 할 수 있음을 뜻한다.

가족이며 친구, 강호, 천하, 삼라만상 같은 것은 내가 살아 있을 때 비로소 함께 더불어서 존재하는 것이다.

내가 죽으면 그것들도 그 순간 함께 소멸된다. 주체(主體)는 나이고 그 모든 것은 객체(客體)다.

주체인 내가 살아서 보고 만지고 느껴야지만 객체도 존재하는 것이고, 내가 죽어서 그것들을 느끼지 못한다면 객체도 죽은 것이다.

나의 객체가 나와 함께 소멸한 것이다. 다른 사람들, 즉 다른 주체들이 보고 느끼는 다른 객체들은 여전히 존재한다. 다만 나하고는 색깔과 느낌이 다른 객체인 것이다.

그러므로 살아 있다는 것은 나와 관계된 모든 피조물이 더불어 살아 있다는 뜻이다.

대무영은 엎드린 자세로 운공조식을 시도했다. 그러나 예상했던 대로 단전에서 단 한 움큼의 기운도 모아지지 않아서 운공조식 자체가 진행되지 않았다.

운공조식이란 심법구결로 단전에 축적된 내공을 끌어내어 전신혈맥으로 주천시켜서 내공을 증진시키거나 내상을 치료하는 것이다.

또한 외부의 좋은 기운을 흡수하여 내공으로 변환시키는가 하면, 반대로 체내의 독소를 몰아내기도 하는 여러 작용 및 효능을 지니고 있다.

하지만 운용할 내공 없이는 운공조식이 이루어지지 않는다. 그것은 물이 없으면 물레방아를 돌리지 못하는 것과 같은 이치다.

단 한 움큼의 내공이라도 움직일 수 있으면 그것을 밑거름 삼아서 줄기차게 운공조식을 하여 더 많은 내공을 생성시키거나 이끌어낼 수 있을 텐데 한 움큼도 없다면 시도를 해볼 수도 없다는 뜻이다.

그러나 대무영은 포기하지 않고 계속해서 운공조식을 시도했다. 말하자면 물도 없이 물레방아를 돌리려고 발버둥 치고 있는 것이다.

아무리 사막이라고 해도 계속 깊이 파 들어가면 언젠가는 샘물이 터질 것이라 믿고 엎드린 자세로 쉬지 않고 운공조식을 했다.

그가 지니고 있는 몇 가지 장점 중 가장 큰 것이 포기를 모르는 집념 어린 노력이다.

만약 그런 눈물겨운 노력이 없었다면 오늘날의 대무영은 존재하지 않았을 것이다.

깊은 절곡에 밤이 되었다가 이윽고 아침이 찾아왔다.

대무영은 그때까지도 그 자리에 엎드린 채 줄곧 운공조식을 하고 있는 중이다.

몇 회나 운공조식을 했는지 세어보지 않아서 모른다. 게다가 전신을 엄습하는 고통이 견딜 수가 없을 지경에 이르면 운공조식을 잠시 멈췄다가 다시 시작했다.

또한 운공조식을 하던 도중에 자주 혼절했다. 그러면 깨어나서 다시 시작하기를 거듭했다.

그런데도 최초의 씨앗 같은 한 움큼의 내공기나 외공기가 모아지지 않았다.

그래서 포기를 모르는 그조차도 조금씩 불안해졌고 이상한 생각이 들었다.

'어딜 어떻게 다쳤는지는 모르지만… 내공기나 외공기가 아예 깡그리 사라져 버린 것인가?

그럴 수도 있다. 단전을 심하게 다치거나 극심한 내상을 입었다면 내공기나 외공기가 사라지고 또 그것들을 끌어 올릴 수가 없다.

'심하게 다친 것이라면…….'

그 순간 그는 상처를 치료하는 능력을 지닌 청삼족오의 기운을 생각해 냈다. 단전이든 극심한 내상이든 청삼족오의 기운을 이끌어낼 수만 있다면 치료할 수 있을 것이라고 생각했다.

청, 적삼족오는 기운으로써 공격이나 치료를 할 수도 있으며 동시에 영력(靈力), 즉 정신이기도 하다.

그는 예전에 삼족오검법을 연마할 때 청, 적삼족오와 영신합일(靈身合一)을 이루었던 적이 있었다.

그것은 그 자신이 청, 적삼족오인 동시에 청, 적삼족오가 그라는 뜻이다.

'다쳐서 기운을 이끌어내지 못한다면 영력으로 청, 적삼족오의 기운을 일으켜서 치료부터 하자.'

그는 운공조식을 중지하고 마음을 편하게 가졌다. 이어서 청, 적삼족오의 영력을 불러냈다.

그것은 어렵지 않다. 그 자신이 청, 적삼족오이므로 그냥 머리에 떠올리기만 하면 된다.

그렇지만 한참이 지나도 아무런 변화가 일어나지 않았다. 그래도 그는 포기하지 않고 줄기차게 머릿속으로 청삼족오를 떠올렸다.

이것은 운공조식의 전 단계다. 청삼족오를 불러내서 치료를 하는 일이 선행되지 않으면 운공조식이든 예전처럼 외공기를 자연적으로 회복하는 일이든 둘 다 불가능하다.

서두르면 안 되는 걸 알지만 서두를 수밖에 없다. 낭떠러지에서 추락한 지 얼마나 지났는지 모르지만 사람은 먹어야만 살 수 있기 때문에 오랫동안 아무것도 먹지 못하면 굶어죽을 수도 있는 것이다. 먹을 것을 얻으려면 몸을 움직여야만 한다.

천하의 단목검객 대무영이 황산의 이름 모를 계곡에서 굶어 죽었다면 개도 웃을 일이다.

청삼족오의 영력을 이끌어내는 데 하루가 소요되었고, 그 영력으로 기운을 불러내서 치료를 시작하는 데 또 하루가 흘러갔다.

그때까지 계곡에 떨어진 지 닷새가 지났으나 대무영 자신은 그 사실을 모르고 있었다.

청삼족오의 기운으로 치료가 시작되는 순간부터 그는 그 일에 몰입했다.

또다시 밤이 오고 다시 아침이 되기를 세 차례나 반복했으나 최초의 자세 그대로 꼼짝도 하지 않은 채 눈을 감고 청삼족오의 기운을 체내 이곳저곳으로 이끌어서 치료를 하는 일에만 전념했다.

그런데 치료를 하는 도중에 그는 실로 괴이하고도 신비한 경험을 했다.

어느 순간 갑자기 계류 가장자리 자갈밭에 엎어져 있는 자신의 모습을 위에서 내려다보고 있는 것이다.

처음에는 두어 자 높이에서 자신의 모습이 보였는데 점점 더 높은 곳에서 내려다보게 되었다.

그래서 그는 자신이 죽어서 영혼이 육체를 떠나고 있는 것이라는 생각이 들었다.

마치 다른 사람이 된 것처럼 자신의 모습을 보다니, 죽었다고밖에는 지금 상황을 이해할 수 없다. 아마도 치료를 하는 도중에 숨이 끊어진 것 같았다.

원통한 일이지만 이젠 돌이킬 수 없게 돼버렸다. 모든 것이 끝나 버렸다.

고구려인들만의 새로운 나라를 건국하는 것도, 가족들과의 재회도, 그리고 사랑도 끝났다.

그런데 그는 자신의 영혼이 자꾸만 높이 떠오르면서 자신의 육신에게서 점점 멀어지자 더 멀어져서는 안 되겠다는 생각을 했다.

그런 생각을 하는 순간 떠오르는 것이 정지했다. 그래서 뭔가 이상하다는 생각이 들었다. 죽어서 육신을 떠나고 있는 영혼이 자신의 의지에 따라준다는 것이 이상한 일이다. 말도 되지 않는다.

'죽은 것이 아닌가?

영혼이 자신의 의지에 따라준다면 이번에는 육신 속으로

들어가 보기로 했다.

　그런데 다음 순간 위에서 자신의 모습을 굽어보던 모습이 감쪽같이 사라지고 그는 열심히 청삼족오로 치료를 하고 있는 원래의 상태로 돌아와 있었다.

　눈을 뜨자 자갈밭과 커다란 바위의 밑부분이 보였다. 그는 죽지 않은 것이다.

　그렇다면 조금 전의 그 상황은 무엇이라는 말인가. 그가 허공에 떠올라서 엎드려 있는 자신의 모습을 내려다보다니 어떻게 그럴 수 있는지 이해가 되지 않았다.

　그래서 그는 그 상황을 다시 한 번 시도해 보기로 했다. 조금 전에는 자신도 모르는 사이에 어쩌다가 그렇게 됐지만 이제는 분명한 의지를 갖고 시도하려는 것이다.

　'아…….'

　단지 시도하려고 마음만 먹었을 뿐인데 어느새 그는 허공 서너 자 높이에서 자갈밭에 엎드려 있는 자신의 모습을 굽어보고 있었다.

　어떻게 된 영문인지는 모르겠지만 몸에서 빠져나온 또 다른 내가 나를 굽어볼 수 있다는 것은 어쨌든 신기하기 짝이 없는 일이다.

　어쩌면 그는 치료를 하는 도중에 자신이 어떤 모습으로 있는지 보고 싶다고 생각했는지도 모른다.

그래서 그의 의지에 따라 움직이는 삼족오가 그의 영혼, 아니, 정신을 싣고 떠올랐을 것이다. 그와 삼족오는 영신합일의 관계이기 때문에 가능한 일이다.

그런 생각을 하고 있는 중에도 그는 자꾸만 높이 떠오르고 있어서 정신을 차렸을 때에는 지상에서 삼십여 장이나 솟구쳐 올라 있었다.

'그만!'

그의 내심의 외침과 동시에 떠오르는 것이 멈췄다.

이제는 자신이 어떤 모습을 하고 있는지 궁금해졌다. 계류가에 엎드려 있는 육신이 아닌 떠올라 있는 자신의 모습이 말이다.

영혼이라면 보이지 않을 수도 있지만 삼족오의 영력이라면 육안으로 볼 수도 있을 터이다.

우선 눈동자를 굴려 보았다. 영혼이든 삼족오의 영력이든 지금 사물을 보고 있는 무언가가 있을 것이므로 그것을 움직여 보자는 것이다.

'보인다!'

그리고 봤다. 흐릿하지만 붉은 광채로 번뜩이는 삼족오의 커다란 날개를 본 것이다.

'적삼족오다! 내가 적삼족오와 일체가 된 것이다!'

둘러보기를 마친 그는 자신이 적삼족오와 영신합일을 이

루어 허공에 떠올랐다는 사실을 깨달았다.

그는 한 마리 흐릿하게 붉은 적삼족오의 모습으로 양 날개를 활짝 펼친 채 허공중에서 정지해 있었다.

커다란 독수리 정도의 크기다. 활짝 펼친 날개의 길이가 무려 일 장에 가까웠다.

'그렇다면 청삼족오는 지금도 계속 나를 치료하고 있는 중일 것이다.'

그에게는 청, 적삼족오 두 개가 있기 때문에 그런 추측이 가능했다.

치료를 하고 있는 것은 청삼족오니까 아무것도 하지 않는 적삼족오가 '지금 내가 어떤 상황인지 보고 싶다' 라는 그의 생각에 부응한 것이다.

'더 올라가 보자.'

어떻게 된 상황인지 알게 된 그는 치료를 청삼족오에게 맡기고 과연 이 계곡이 어떤 곳인지 알아보기 위해서 위로 더 상승하기로 했다.

백여 장쯤 상승하자 계류 가에 엎어져 있는 그의 모습이 조그맣게 보였다.

'괜찮을까?'

육신에서 너무 멀리 그리고 오래 떨어져 있어도 되는지 조금 걱정이 들었다.

자신의 상태가 어떤지 좀 더 가까이에서 보고 싶다는 마음이 들자마자 느닷없이 계류 가에 있는 그의 모습이 확 당겨지면서 한 자 거리에서 크게 보였다.

가까이에서 보고 싶다는 마음이 영력으로 작용을 했으며, 마치 천리안(千里眼)을 지닌 것처럼 멀리에 있는 사물을 눈앞에서 보는 것처럼 확대한 것이다.

그런데 가까이에서 보니까 그의 몸 전체가 푸르스름한 빛에 물들어 있었다.

그는 그것이 청삼족오가 치료를 하고 있는 과정일 것이라고 추측했다. 즉, 그의 몸은 아무런 이상이 없다.

이곳 황산은 과연 봉우리가 많고 또 높은 만큼 절곡이 많은 것이 분명했다.

어느덧 그는 이백여 장이나 상승했는데도 절벽 꼭대기에 도달하지 못했다.

위를 올려다보니까 아직 삼십여 장 정도 남았다. 내친 김에 계속 떠올라서 절곡 위로 오십여 장이나 상승했다.

이어서 아래를 내려다보던 그는 이곳이 자신이 추락했던 낭떠러지가 아니라는 사실을 알게 되었다. 그곳하고는 풍경 자체가 완전히 달랐다.

주위를 둘러보니 사방에 보이는 모든 것이 하늘을 찌를 듯이 솟아 있는 봉우리뿐이다. 봉우리가 많다는 것은 절곡도 그만큼 많다는 뜻이다.

절곡이 아무리 깊다고 해도 천무천인 정도의 초절고수가 대무영의 죽음을 확인하지 않았을 리가 없다. 상황을 바꿔놓고 생각해 봐도 대무영이라면 절곡 아래에 직접 내려가서 확인을 했을 것이다.

그는 자신이 천무천인과 마주쳤던 지점을 찾기 위해서 더 높이 상승하여 이리저리 날아다녔다.

적삼족오는 커다란 날개를 저으면서 순식간에 수백 장씩 빛살처럼 날아갔다.

'저기다!'

한참이 지나서야 대무영은 자신과 평락, 무생, 임우청이 함께 휴식을 취했던 장소를 찾아냈다.

그런데 그곳은 지금 대무영의 몸이 계류 가에 엎드려 있는 곳에서 동남쪽으로 여러 개의 봉우리와 구불구불한 계곡을 지나 이십여 리나 멀리 떨어진 곳이었다.

낭떠러지 아래로 추락한 그가 어떻게 해서 살아났는지는 모르지만, 이십여 리 정도 계류에 떠내려갔다고 해도 그것을 찾지 못할 천무천인이 아니다.

그는 무신(武神)이다. 마음만 먹으면 못할 것이 없으며, 황산을 샅샅이 뒤져서라도 대무영을 찾아낼 수 있는 능력의 소유자다.

　낭떠러지 위 단단하고 평평하며 넓은 바위에는 두 구의 시체가 쓰러져 있었다.

　천무천인에게 죽음을 당한 무생과 임우청, 그들이다. 그 당시 운공조식을 끝내고 일어난 대무영이 발견했던 모습 그대로 두 사람은 그곳에 한겨울의 풍파를 고스란히 맞으며 쓰러져 있었던 것이다.

　그동안 눈이 왔었는지 죽은 무생과 임우청의 몸에는 눈이 소복이 쌓여 있었다.

　대무영은 죽어 있는 두 사람을 보면서 가슴 한쪽이 떨어져 나갈 만큼 비통했다.

　대무영을 돕겠다고 나서지 않았으면 그들은 결코 죽지 않았을 것이다.

　좋은 일을 한답시고, 그리고 새로 사귄 친구와 우정을 지키느라 전력을 다했던 두 사람은 이제 더 이상 이 세상 사람이 아니다.

　저기 저렇게 죽은 채 눈보라와 비바람에 씻기면서 썩어 먼지가 되어 흩어질 것이다.

　적삼족오의 모습으로 두 사람을 굽어보는 대무영은 쉽사리 자리를 떠나지 못했다.

　그러나 언제까지 이곳에 있을 수는 없다. 그는 상처가 완치되어 절곡에서 벗어나면 반드시 이곳에 찾아와서 두 사람의 시신을 수습할 것이라고, 그래서 성대하게 장례를 치러줄 것이라고 다짐하고 그 자리를 떠나 자신이 추락했던 절곡 아래로 향했다.

그곳 절곡의 깊이는 이백여 장에 달했다. 그리고 바닥에 이르러서야 대무영은 어째서 자신이 추락했을 때 죽지 않았는지 알게 되었다.

그곳에는 하나의 꽤 넓고 깊은 소(沼)가 있었다. 상류 쪽에서 흘러내린 계류가 그곳에 모여서 잠시 머물렀다가 아래쪽으로 흘러갔다.

'앗!'

그런데 아래로 백오십여 장쯤 하강하던 대무영은 무언가를 발견하고 내심 비명을 터뜨렸다.

절벽에 뿌리를 박고 비스듬히 뻗어 나온 소나무의 나뭇가지에 한 사람이 걸려 있는 뒷모습을 발견했는데 그는 평락이 분명했다.

'평 형!'

대무영은 울음이 터질 것 같은 외침을 지르면서 급히 그곳으로 다가갔다.

소나무는 나뭇가지가 무성했으며 위쪽 세 개의 나뭇가지가 부러졌고 그 아래쪽 나뭇가지에 평락이 엎드린 자세로 허리가 걸쳐져 있었다.

천무천인에게 당한 평락은 낭떠러지 아래로 추락하여 이 곳에 걸쳐져 있었던 것이다.

이것으로 대무영을 도왔던 목숨 같은 세 명의 친구가 모두 죽었음이 확인되었다.

대무영은 평락 앞 허공에 멈춰서 그를 보며 뜨거운 눈물이 쏟아졌다.

적삼족오의 모습을 하고 있어서 눈물을 흘리는지 어쩐지 는 알 수 없으나 여하튼 그는 오열했다.

"대 형은 나를 그따위 소인배로 여기는 것이오? 내가 이곳에 대 형을 버려두고 도망친다면 어찌 죽을 때까지 하늘을 우러러 살 수 있겠소?"

승무단 고수들이 포위했을 때 대무영이 자신을 내려놓고 떠나라고 하자 평락은 그렇게 호통을 쳤었다.

"핫핫핫핫! 친구를 데려가려면 나를 죽여야만 할 것이다!"

또한 승무단 우두머리가 대무영을 내놓으면 살려주겠다고 하니까 평락은 가슴을 내밀며 호탕하게 웃었다.

그런 평락이 지금 대무영 앞에 숨이 끊어진 지 팔 일이나 지난 슬픈 모습으로 나뭇가지에 걸쳐져 있다.

과연 그는 죽는 순간에 무슨 생각을 했을까. 평락이라면 목숨이 끊어지는 순간에도 자신이 선택한 길을 절대로 후회하지 않았을 것이다. 그는 그런 인물이다. 눈물겹도록 우정 어린 최고의 친구였다.

"으으……."

그런데 바로 그때 놀라운 일이 일어났다. 평락에게서 미약한 신음 소리가 난 것이다.

'평 형!'

대무영은 잘못 들었나 싶어서 큰 소리로 외쳤으나 평락에게 들릴 리가 없다.

"음……."

그러나 잘못 들은 것이 아니다. 이번에는 조금 더 크고 분명하게 평락이 신음을 흘렸다.

그리고 또 비록 미미하지만 평락이 조금 몸을 움직이자 나뭇가지가 흔들렸다.

'평 형! 나요! 대무영이요!'

대무영은 기쁨과 안타까움에 고래고래 고함을 질렀다.

그리고는 다시 침묵이다. 이후 평락은 아무 소리도 내지 않았고 움직이지도 않았다.

그래서 대무영은 그가 죽었을지 모른다는 불길함 때문에

심장이 말라서 비틀어지는 심정이다.

지금 그는 적삼족오의 영력을 힘입어 여기까지 왔기 때문에 평락을 위해서 해줄 수 있는 일이 아무것도 없다.

"대 형……."

그런데 죽은 줄 알았던 평락이 다시 중얼거렸다. 더구나 앞에 떠 있는 대무영을 보기라도 한 것처럼 그를 불렀다.

'평 형! 나요! 나 여기에 있소!'

그러나 평락은 나뭇가지에 걸쳐져서 고개가 아래쪽으로 향해 있기 때문에 대무영을 볼 수가 없다.

설혹 본다 해도 적삼족오가 사람의 눈에 보이는지도 알 수 없는 일이다.

"으으… 나를 용서하오… 대 형……."

평락이 다시 중얼거렸다. 대무영더러 자신을 용서하라고 흐느끼고 있었다.

"크으으… 대 형을 끝까지 지켜주지 못했소……. 나는… 정말 못난 놈이오……."

그는 대무영을 지켜주지 못한 것을 자책하고 있었다. 사실 그는 팔 일 전에 대무영이 낭떠러지에서 추락하여 소에 떨어졌다가 급류에 휩쓸려 사라지는 광경을 목격하고 피눈물을 흘리다가 혼절했었다.

"으흐흑… 나도 곧 대 형을 뒤따라갈 것이오……. 저승에 가면 대 형에게 용서를 빌겠소……."

평락의 자책 어린 독백을 듣고 있는 대무영은 너무 감격하여 제정신이 아니다.

지금 이 지경이 되어서도 평락은 대무영을 원망하기는커녕 그를 지켜주지 못한 것을 자신의 탓으로 돌리고 있는 것이다. 그것이 대무영의 마음을 찢어놓았다.

'평 형……'

하지만 그때부터 평락은 아무 말도 아무런 움직임도 없었다. 혹시나 싶어서 대무영이 꽤 오랫동안 그곳에서 지켜봤으나 마찬가지였다.

결국 대무영은 평락이 죽었거나 깊은 혼절에 빠졌을 것이라 여기고 그곳을 떠날 수밖에 없었다.

'평 형, 내가 돌아올 때까지 부디 살아 있어야 하오. 평 형이 잘못된다면 나는 하늘을 이고 살 수가 없을 것이오.'

대무영은 어째서 천무천인이 자신을 찾지 못했는지 알게 되었다.

그가 떨어졌을 것으로 짐작되는 소에서 흘러나간 계류는 불과 오 장여를 흐르다가 폭포가 되었다.

그런데 그 폭포는 거대한 지하 동굴 속으로 떨어졌다. 그 아래쪽은 괴물이 아가리를 벌리고 있는 것처럼 캄캄하고 으

스스했다.

그로 미루어 대무영은 까마득한 동굴 속으로 떨어졌다가 지하의 계류를 거쳐서 지금 쓰러져 있는 곳으로 흘러나온 것 같았다.

그가 죽지 않은 것은 주도현이 준 어천을 목에 걸고 있었기 때문이다.

설혹 무신 천무천인이라고 해도 지하 속까지 들어가서 대무영을 찾으려고 하지는 못했을 것이다.

第百章
소매곡

"으적으적……."

대무영은 계류 가의 나지막한 바위에 걸터앉아서 계류에서 잡은 물고기를 날 것으로 씹어 먹고 있다.

그가 계류의 자갈밭에 쓰러져 있는 상태에서 정신을 차린 지 보름이 지났다.

하지만 실제로는 이틀 동안 혼절해 있었기 때문에 도합 십칠 일이 지났다.

아직도 그는 치료가 완전히 끝나지 않은 상태다. 평락을 생각하면 한시가 급한데 치료는 더디기만 하다.

그렇지만 절대 더딘 것이 아니다. 그만큼 그의 상처가 깊었던 것이고 청삼족오의 기운은 빠른 속도로 치료를 하고 있는 중이다.

천무천인의 천인강에 두 번이나 정통으로 적중됐으며, 낭떠러지에서 추락하여 지하 동굴로 떨어져서 바위에 부딪치기를 수백 번 반복했었기 때문에 그야말로 만신창이 상태가 되었다.

죽지 않은 것이 기적일 정도의 엄중한 중상을 입었는데 그것이 쉽게 완치가 되겠는가.

물고기 다섯 마리를 날것으로 먹어치운 대무영은 다시 바위에 가부좌의 자세를 잡고 운공조식을 시작했다.

계류에는 큰 물고기가 무진장으로 많아서 이곳에 있는 동안 식량을 걱정할 염려는 없다.

그는 몸을 움직일 수 있게 되자 물고기를 잡아서 먹으며 체력을 보충했다.

굶으면서 운공조식을 했을 때와 충분히 먹으면서 할 때와는 치료의 속도가 비교되지 않을 정도다.

그가 지금 원하는 것은 삼족오와 일체가 되어 비행을 할 수 있을 정도만 치료가 되는 것이다.

그러면 절곡에서 빠져나가서 평락을 구할 수 있을 것이기 때문이다.

그냥 맨몸으로 절벽을 기어오르려고 여러 차례 시도했으나 번번이 실패했었다. 꼭대기까지 기어오를 만큼 기력이 회복되지 않은 것이다.

그 정도 기력이 회복됐으면 삼족오와 일체가 되어 비행을 해서 빠져나갈 수 있었을 것이다.

그래도 대무영은 심법을 가르쳐 준 나운정에게 진심으로 감사했다.

만약 지금 같은 상황에서 운공조식을 하지 않았다면 그의 치료 속도는 현저하게 느려졌을 테고 어쩌면 예전 같은 기력이 아예 회복되지 않을지도 모른다.

지금도 청삼족오가 꾸준히 치료를 하고 있으며 운공조식으로 내공기와 외공기를 한데 합친 이공기(二功氣)를 온몸으로 주천시켜서 치료를 돕고 있는 중이다.

마침내 이십일 째 대무영은 삼족오로 화해서 비행을 하여 절곡을 빠져나와 단숨에 평락에게 날아갔다.

평락은 십이 일 전에 그가 처음 봤을 때하고 다름없는 모습으로 소나무 나뭇가지에 걸쳐져 있었다.

평락은 그때 이후 꼼짝도 하지 않은 것이 분명해서 대무영은 불안함 때문에 심장이 오그라드는 것만 같았다.

대무영은 그를 안고 절곡 바닥 소 옆 커다란 바위 위에 내려와 그를 조심스럽게 눕혔다.

이어서 심장이 뛰는지 확인하기 위해서 서둘러 그의 가슴에 귀를 갖다 댔다.

'아아… 살아 있다!'

심장이 뛰는 듯 정지한 듯 미약하지만 한참 동안 귀를 대고 들어본 결과 평락은 살아 있는 것이 분명했다.

대무영은 즉시 청삼족오의 기운을 일으켜 손바닥을 평락의 가슴에 대고 주입시키기 시작했다.

숨이 한 올이라도 붙어 있기만 하면 청삼족오의 기운으로 그를 살릴 수 있으리라 믿었다.

자신에게 있는 청삼족오의 모든 기운을 아낌없이 주입시킬 듯 대무영은 일각 이상이나 평락의 가슴에서 손을 떼지 않았다.

"음……."

이윽고 평락이 나직한 신음 소리를 내면서 만근 바위를 밀어 올리듯이 힘겹게 눈을 떴다.

"평 형!"

대무영은 그의 가슴에서 손을 떼며 기쁨의 탄성을 터뜨렸다.

평락은 눈을 뜨고도 한동안 몽롱하게 있더니 이윽고 눈의 초점을 맞추고 대무영을 쳐다보았다.

“대 형……”

“평 형! 그래 나요! 대무영이요!”

“이게… 꿈이 아니오……?”

“아니오! 절대 꿈이 아니오! 나는 살아 있었소! 그리고 평 형도 살았소!”

대무영은 너무도 감격하여 평락의 손을 두 손으로 움켜잡고 목소리를 높였다.

평락은 다른 손을 매우 힘겹게 들어 올려서 대무영의 얼굴로 가져가려고 했다.

대무영은 그의 의도를 알아차리고 즉시 고개를 숙여 자신의 얼굴을 그의 손에 갖다 댔다.

평락은 떨리는 손으로 대무영의 얼굴을 천천히 쓰다듬더니 이윽고 빙그레 안도의 미소를 지었다.

“대 형이 맞군……”

“그렇소. 나는 죽지 않았소.”

“다행이오……. 나는 대 형에게 죄를 지은 줄 알았소…….”

“죄라니… 내가 죽었다고 해도 그게 어찌 평 형의 죄라는 말이오?”

“내 죄요… 대 형을 보호하지 못한 내 죄…….”

대무영은 가슴이 미어지고 목이 메어서 아무 말도 할 수가 없었다.

"대 형… 부탁이 있소……."

평락은 평온한 얼굴로 속삭이듯이 조용히 말했다.

"말하시오. 목숨을 바쳐서라도 평 형의 명령을 수행하겠소."

평락은 빙그레 미소 지었다.

"대 형이 목숨을 바치면… 내가 죄를… 짓게 되오……."

"그게 그렇게 되오?"

대무영이 환하게 웃는 것을 보고 평락은 말을 이었다.

"나를 소매곡에 데려다 주시오."

"알겠소. 평 형뿐만 아니라 저 위에 있는 무 형과 임 형의 시신도 같이 소매곡에 모시겠소."

"그들은……."

대무영은 평락이 무슨 말을 하려는지 깨닫고 우울한 표정을 지었다.

"무 형과 임 형은 죽었소."

"그런가……."

평락은 잠시 눈을 감았다가 다시 뜨고는 소매곡의 위치를 더듬거리면서 가르쳐 주었다.

"자, 내가 진기를 한 번 더 주입할 테니까 평 형은 잠시 쉬도록 하시오."

　대무영은 평락이 말을 많이 하는 것 같아서 청삼족오의 기운을 좀 더 주입할 생각이다.

　"아니… 그만 됐소……."

　평락은 다시 한 번 손을 들어 대무영의 뺨을 어루만졌다. 그리고는 세상에서 가장 행복한 사람이 지을 수 있는 미소를 얼굴에 떠올렸다.

　"대 형, 살아 있어서 고맙소."

　"평 형, 무슨 말을 그렇게……."

　툭…….

　그때 대무영의 뺨을 만지던 평락의 손이 아래로 힘없이 떨어졌다.

　"평 형……."

　대무영은 불길함이 어둠처럼 밀려드는 것을 느끼며 겁먹은 듯 중얼거렸다.

　평락은 한손을 대무영에게 잡히고 다른 손을 바닥에 늘어뜨린 채 만면에 더없이 행복한 미소를 가득 떠올린 모습으로 눈을 감고 있었다.

　"평 형!"

　대무영은 발작적으로 부르짖으며 급히 평락의 가슴에 귀를 대어보았다.

　그러나 아무리 귀를 기울여 봐도 심장박동이 들리지 않았다. 뿐만 아니라 맥도 뛰지 않았다.

"안 돼! 펑 형! 이렇게 가서는 안 되오! 제발……."

그는 평락의 가슴에 손바닥을 밀착시키고 청삼족오의 기운을 파도처럼 주입시켰다.

그러나 기운은 흡수되지 않고 손바닥과 평락의 가슴 사이에서 스러졌다. 그것은 마치 통나무에 대고 주입시키는 듯한 느낌이다.

그가 다급하게 허둥거리고 있는 동안 평락의 몸이 점점 식어가고 있는 것이 느껴졌다.

"펑 형……."

대무영은 바닥이 보이지 않는 구렁텅이로 추락하는 것 같은 절망에 빠졌다.

＊　　　＊　　　＊

소매곡은 황산 남쪽 끝자락에 위치해 있었다.

대무영과 평락 등이 천무천인에게 당한 곳에서 불과 삼십여 리 떨어진 곳이었다.

소매곡이 사람들 눈에 띄지 않았던 이유는 은밀해서가 아니라 지극히 평범하기 때문이었다.

신안강(新安江) 최상류에 위치한 아담한 화전민촌을 소매곡이라고 의심할 사람은 아무도 없다.

황산 깊은 곳에 있는 마을이라고는 믿기 어려울 정도로 제법 많은 삼백여 호의 집이 강가에 길게 늘어서 있다.

신안강 강가의 마른 풀 위에 평락과 무생, 임우청 세 구의 시체가 반듯하게 나란히 눕혀져 있다.

그리고 그 옆에 대무영이 우뚝 서 있으며 이십여 명의 마을 사람이 모여 있다.

대무영은 평락이 죽기 직전에 가르쳐 준 대로 소매곡에 그들의 시신을 전해주러 찾아왔다.

무림청에서 혈안이 되어 찾고 있는 소매곡이라서 매우 은밀할 것이라고 생각했었는데 이렇게 번듯한 마을일 줄은 전혀 예상하지 못했었다. 그래서 잘못 찾아온 것이 아닌가 의구심이 들 정도였다.

그는 풀 위에 세 친구의 시신을 눕혀놓고는 사람들에게 이곳이 소매곡이냐고 물었지만 아무도 대답하지 않았다.

그렇지만 대무영은 이곳이 소매곡이 분명하다고 확신했다. 시신이 된 평락과 무생, 임우청을 바라보는 마을 사람들의 표정이 매우 심각하고 슬퍼 보였기 때문이다.

대무영은 아직 온전하지 않은 상태에서 시체 세 구를 한꺼번에 이곳까지 옮기느라 많이 지쳐서 당장이라도 주저앉고 싶은 것을 꿋꿋하게 버티고 서 있었다.

일각쯤 지났을 때 마을 쪽에서 한 무리의 사람이 서둘러 이쪽으로 달려오고 있는 모습을 발견했다.

선두에는 보통 사람보다 두 배 가까운 거대한 체구의 사십 대 사내가 성큼성큼 빠른 걸음으로 걸어오고, 좌우에는 네 명의 장한이, 그리고 뒤쪽에는 세 명의 아낙네가 따르고 있었다.

선두 사내의 걸음걸이가 워낙 빨라서 다른 사람들은 힘껏 달려야지만 속도를 맞출 수 있을 정도다.

한겨울인데도 사내들은 얇은 경장만을 입었으며 무기는 지니지 않았고, 아낙네들은 두툼한 누비옷을 입은 모습인데 모두 초조한 표정이다.

대무영은 선두의 사내가 소매곡주이거나 이곳의 실력자일 것이라고 짐작했다.

대무영 맞은편에 도달한 다섯 명의 사내는 재빨리 평락 등의 모습을 살폈다.

대무영은 그들의 얼굴이 놀라움으로 물들었다가 곧 슬픔으로 번지는 것을 발견했다.

그들의 뒤쪽에서 세 명의 아낙네가 시신을 발견하고는 흑! 하고 숨을 몰아쉬더니 곧 두 손으로 얼굴을 가리며 그 자리에 주저앉아 흐느껴 울기 시작했다.

하지만 시신들에게 다가들려고 하지는 않았다. 아마도 우두머리의 허락이 떨어지지 않았기 때문인 것 같았다.

대무영은 세 명의 아낙네가 평락과 무생, 임우청의 부인일 것이라고 짐작하고는 착잡한 마음을 금치 못했다.

소매전사들이 이곳에서 가족과 함께 생활하고 있을 줄은 예상하지 못했었다.

가족. 대무영에게도 가족이 있다. 만약 그가 죽어서 시신이 가족들에게 전해진다면, 그들도 이 아낙네들처럼 슬픔에 빠져 오열을 할 것이다.

우두머리는 대무영을 주시했다. 담담한 눈빛처럼 보이지만 실상 그 눈빛 속에 이글거림과 분노, 슬픔이 복잡하게 얽혀 있는 것을 대무영은 발견했다.

"귀하는 누구요?"

우두머리가 목소리의 높낮이 없이 조용히 물었다. 굵고 나지막한 목소리인데 감정이 깃들어 있는 것이 느껴졌다. 적대감이라든가 원한 같은 그런 감정이 아니라 정감 있는 사람, 정(情)이라는 것을 아는 사람만이 지니고 있는 그런 풍부한 감정이 깔린 목소리였다.

대다수의 사람은 그런 목소리를 구분하지 못하지만 대무영은 할 수 있다.

"대무영이라고 하오."

단목검객 대무영은 강호에서도 쩌렁한 별호거늘 소매곡 사람들이 모를 리가 없다.

우두머리는 눈빛이 날카로워졌으며, 네 사내는 움찔 놀라더니 얼굴에 노골적으로 적대감이 떠올랐다.

우두머리는 대무영이 세 구의 시신을 이곳까지 직접 데리고 왔다는 사실과 그의 얼굴에 한 올의 적의도 떠올라 있지 않다는 점으로 미루어 최소한 그가 평락 등을 죽이지는 않았을 것이라고 짐작했다.

"이들은 어떻게 된 것이오."

대무영의 얼굴에 괴로움이 떠올랐다.

"이들은 나 때문에 죽었소."

내가 죽인 것이 아니라 나 때문에 죽었다고 한다.

"설명해 보시오."

대무영은 어느새 주위에 많이 모여든 마을 사람을 둘러보았다. 그러자 우두머리는 고개를 가로저었다.

"괜찮소. 말해보시오."

즉, 이들에겐 서로 간에 비밀이 없다는 뜻이다.

대무영은 어디에서부터 어떻게 설명을 해야 할지 잠시 가늠한 후에 자신이 해란화를 찾기 위해서 합비에서 북상하던 과정부터 자초지종을 설명하기 시작했다.

그리 긴 설명은 아니다. 사사로운 감정이 배제된 사실 그대

로의 사건과 상황만 간단명료하게 약 일각에 걸쳐서 설명했
다.

　우두머리와 마을 사람들은 대무영이 설명을 하면서 감정
을 최대한 억제하려고 애쓰는 모습을 발견했다.

　또한 이따금 그가 감정이 격해져서 목소리가 떨리는 것을
보고 그에 대한 적의가 많이 사라졌다.

　"펑 형은 자신과 무 형, 임 형을 이곳으로 데려다 달라고 유
언을 남겼소."

　마지막으로 그 말을 할 때 대무영의 눈이 붉어지고 물기가
비쳤다.

　우두머리는 소매전사 열다섯 명이 한 조가 돼서 쟁천십이
류 신위인 생사혈륜 난마를 암살하러 한 달 전에 소매곡을 떠
난 사실을 잘 알고 있다. 그 자신이 바로 그 명령을 내렸기 때
문이다.

　그들이 난마에게 형편없이 당했다는 대무영의 말을 들으
니 그것은 처음부터 잘못된 명령이었다.

　펑락을 비롯한 열다섯 명은 합공을 해서도 난마의 상대가
되지 못했다.

　그 당시 대무영이 아니었으면 열다섯 명 모두 난마의 손에
죽음을 당했을 것이다.

　결론적으로 말하자면, 펑락을 비롯한 열다섯 명의 소매전

사는 난마에게 죽을 목숨인데 대무영에 의해서 일곱 명이 살아남았다.

그리고 그들 일곱 명은 은혜를 갚기 위해서 대무영을 돕다가 모두 죽었다.

난마에게 죽었어야 했을 그들이 며칠의 간격을 두고 차례로 죽은 것은 대무영을 원망할 일이 아니다.

보은(報恩)은 인간이 반드시 지켜야 할 책임이다. 은혜를 입고서도 배은망덕한다면 그것은 짐승이나 미물이지 결코 인간일 수가 없다.

인간과 미물을 구별하는 척도가 바로 보은을 하느냐 하지 않느냐의 차이다. 보은을 하지 않고 오히려 배은망덕하는 자라면 죽어 마땅하다.

대무영은 난마에게서 살아남은 일곱 명과 친구가 됐다고 했으며 그들의 이름과 용모까지 다 알고 있다.

소매전사들은 친구가 아닌 자에게는 절대로 자신의 이름을 밝히지 않는다.

더구나 소매곡의 위치를 가르쳐 주었다는 것은 대무영이 그들과 생사로 맺어진 친구였다는 뜻이다.

우두머리와 좌우에 서 있는 네 사내의 눈에 눈물이 비쳤고 그중 두 명은 굵은 눈물을 흘렸다.

우두머리는 성큼성큼 걸어와서 대무영의 두 손을 힘껏 그러잡으며 뜨거운 목소리로 말했다.

"정말 고맙소. 대 형 덕분에 친구들이 집으로 돌아왔소."

우두머리는 서슴없이 대무영에게 호형을 했다. 대무영은 울컥 하고 뜨거운 것이 목구멍으로 치밀었다.

"아니오. 나는… 그들을 살리지 못했소. 그들은 나 때문에 죽었소. 그래서 나는…….".

대무영은 목이 콱 메어서 말을 잇지 못했다. 평락이 절곡의 소나무 나뭇가지에 걸려서 독백처럼 중얼거렸던 말이 불현듯 생각났다.

그는 그 지경에 처해서도 대무영을 염려하고 있었다. 어쩌면 소매곡 사람들은 평락과 무생, 임우청과 똑같이 충의와 신의로 똘똘 뭉쳐진 사람이라는 말인가.

"그렇지 않소."

우두머리는 대무영의 손을 더욱 힘주어 잡았다.

"천무천인 수중에서 과연 뉘라서 살아남을 수 있겠소. 그런데 내 친구들이 대 형을 살려냈으니 이 얼마나 장한 일이오? 그리고 그들은 마땅히 해야 할 일을 했소."

그는 엄숙한 얼굴로 사내들과 마을 사람들을 둘러보고 나서 말을 이었다.

"우리 중에서 대 형을 원망하는 사람은 아무도 없소. 내가 장담하오."

　대무영이 눈물 젖은 눈으로 둘러보니 어느새 수백 명의 사람이 둥글게 큰 원을 형성한 채 모여들어 있었다. 소매곡 사람이 다 모인 것 같았다.

　대무영은 소매곡 사람들이 무엇 때문에 쟁천십이류를 철천지원수처럼 대하는지는 모르지만, 평락을 비롯한 일곱 명의 친구와 이곳 사람들을 봤을 때 거기에는 필경 타당한 사연이 있을 것이라고 생각했다.

　신안강 최상류인 이곳은 황산 최남단에 위치해 있으며 비옥한 계곡을 형성하고 있다.

　외부 사람들은 이 마을을 휴계촌(休溪村)이라고 알고 있으며, 이곳이 쟁천십이류에게 저승사자 같은 존재인 소매곡일 것이라고는 꿈에도 상상하지 못했다.

　신안강은 어류가 풍부해서 소매곡 사람들은 물고기를 잡거나 기름진 땅에서 농사를 짓기도 하고, 황산에서 사냥이나 나물, 약초를 채취해서 팔기도 한다.

　인근의 다른 마을에 비해서 소매곡은 풍족한 편이며 약 삼백여 호의 집에 천오백여 명이 모여 살고 있다.

　소매곡주의 이름은 막사군(莫斯君)이며 대무영이 봤던 거구의 우두머리, 즉 소매대혼(掃埋大魂)이 바로 그다.

대무영은 당분간 소매곡에서 머물기로 했다. 아직 몸이 완전하지 않은 상태이고 내공기나 외공기가 회복되지 않았기 때문이다.

하지만 더 큰 이유는 평락을 비롯한 일곱 친구의 가족들에게 자신이 뭔가 해줄 일이 있을 것이라고 생각했다.

막사군은 그런 대무영의 뜻을 받아들여 기꺼이 이곳에 머물게 해주었다.

또한 대무영은 죽은 평락의 집에 묵기로 했다. 평락의 처 안수려(安秀麗)가 간곡하게 원했기 때문이다.

그것은 소매곡주인 막사군이 허락하고 말고의 일이 아니다. 평락의 처 안수려가 원했기 때문에 선택하는 것은 대무영에게 달려 있다.

그가 불편하지 않다고 하면 평락의 집에 머물러도 되는 것이다. 이렇듯 소매곡의 대부분의 일은 강압이 아닌 자율적으로 이루어지고 있었다.

소매곡주 막사군이 매우 소탈하고 겸손하며 또한 정이 많은 사람이라는 사실을 알아내는데 대무영은 그리 오랜 시간이 걸리지 않았다.

소매곡의 집은 거의 강가에 있다. 상류에서 하류 쪽으로 두 줄 혹은 세 줄의 간격으로 길게 띠를 이룬 광경이다.

강가에는 수십 척의 작은 배가 묶여 있으며, 집들 너머 완만한 언덕에는 드넓은 밭이다.

평락의 집은 상류 쪽 강가에 있었다. 통나무로 만든 집이며 아담한 마당과 가축을 기르는 축사와 창고 등이 갖추어져 있다.

평락의 처 안수려는 삼십대 중반의 나이에 예쁘장하면서도 차분한 모습이다.

밭일이나 집안 살림살이에 아이들을 키우느라 얼굴과 손이 햇볕에 그을렸으며 피부가 거칠었다. 평생 멋을 부려보지 않은 순박한 모습 그대로다.

이 집은 방이 두 칸이다. 부부가 사용하는 방과 아이들 남매의 방이다.

안수려는 대무영에게 부부가 사용하던 방을 내주었다. 대무영이 그럴 수 없다면서 한사코 거절하자 그녀는 아무 말도 하지 않고 몸을 돌려 부엌으로 갔다.

대무영은 그녀의 말을 거절하지 못하리라는 것을 알고 있다. 그녀가 언변이 좋은 사람이거나 여러 이유를 대면서 그 방에 머무르라고 했으면 대무영으로서는 거절할 방도를 찾을 수 있었을 것이다.

하지만 그녀의 침묵은 대무영을 질긴 끈처럼 묶었다. 침묵하고 있으면 대무영이 거절하지 못할 것이라는 사실을 짐작해서가 아니라, 그녀로선 그 말밖에는 할 말이 없기 때문에 대무영은 거절하지 못한 것이다.

대무영이 소매곡에 머물기로 한 것은 평락을 비롯한 일곱 친구의 가족들에게 무엇인가 할 일이 있을 것이라고 생각했기 때문이다.

방법은 모르지만 어떻게든 그들을 위로하고 또 뭔가를 해주고 싶었다.

천무천인에게 복수를 하는 것이나 유계구에 달려가서 가족을 만나는 일도 급하지만, 그보다는 이 일이 더 급선무라고 판단했다.

평락 등이 아니었으면 대무영은 그 초원에서 승무단 고수들에게 제압되어 천성관에 끌려갔을 것이다.

지금 그가 살아 있는 것은 오로지 평락 등의 살신성인적인 도움 덕분이다. 그것을 도외시한다면 그는 살 가치도 없는 인간이다.

평락 등의 가족들에게 어떻게 위로를 하고 무엇을 도와야 할지는 모른다.

누가 가르쳐 주지도 않을뿐더러 지금 그들에게 필요한 것이 무엇인지도 알 수가 없다.

대무영은 그들이 원하는 것은 무엇이든 다 해줄 생각이다. 설혹 목숨을 원한다고 해도 기꺼이 내어줄 각오다.

대무영은 방 안의 의자에 우두커니 앉아 있었다.

조금 전에 안수려가 들어와서 탁자에 차 한 잔을 조심스럽게 내려놓고 나갔다.

그녀는 저녁 준비에 바빠서 대무영에게 차를 갖다 드리라고 딸에게 시켰었다.

그런데 딸이 싫다면서 성을 내며 방으로 들어가 버려서 안수려가 직접 차를 가져온 것이다.

모녀가 밖에서 조그맣게 소곤거리는 말소리였지만 대무영에겐 다 들렸다. 그런데 대무영의 귀에 딸이 한 말이 못이 되어 꽂혔다.

"저 사람 때문에 아버지가 돌아가셨잖아요. 그런데 저더러 저 사람의 시중을 들라고요? 어머니는 무엇 때문에 저 사람을 집에 데려왔어요?"

이후 안수려는 아무 말도 하지 않고 조심스럽게 찻잔을 놓고 나갔다.

그녀는 대무영하고 눈을 마주치지 않는다. 아니, 그를 쳐다보지도 않는다.

대무영은 그녀가 무엇 때문에 자신을 집에 데려왔는지 못내 궁금했으나 직접 물어볼 수는 없는 노릇이다.

그는 차를 한 모금 마셨다. 한 번도 마셔본 적이 없는 종류

의 차지만 그윽하면서도 향기로웠다. 찻잔을 손에 쥐고 천천
히 실내를 둘러보았다.

그리 크지도 작지도 않은 평범한 부부의 방이다. 이곳에 평
락은 없지만 대무영은 실내 곳곳에서 평락의 체취와 흔적을
느낄 수 있었다.

커다란 창 아래의 삼 단짜리 받침대에는 잘 자란 때깔 고운
난초들이 가지런히 놓여 있었다.

난초 잎에는 먼지 한 올 내려앉지 않았다. 동적(動的)인 무
인이 정적(靜的)인 난초를 키우다니 쉽지 않은 일이다. 난초
는 조금만 정성을 소홀히 해도 키우지 못한다. 그것만으로도
평락의 조용하고 기품 있는 성품을 간접적으로나마 느낄 수
가 있다.

그는 틈틈이 난초들에게 물을 주고 시기가 되면 분갈이를
해주고 또 잎에 먼지가 묻지 않도록 헝겊으로 세심하게 닦아
주었을 것이다.

대무영이 앉은 의자에서 맞은편에는 걷어진 휘장 안쪽에
정갈하고 검박한 침상이 있다.

평락은 그곳에서 하루의 고단한 몸을 누이고 잠을 청했을
것이며, 사랑하는 아내와 사랑을 나누었을 것이다. 그러나 이
제는 두 번 다시 그는 저 침상에 누울 수 없고 아내의 몸을 품
을 수 없다.

앞으로 과부가 된 아내는 혼자 저 침상에 누워서 잠을 청할 것이며, 그때마다 남편 생각을 하면서 외로움과 괴로움에 슬픔의 눈물을 흘릴 것이다.

대무영은 실내를 둘러보는 것을 그만두었다. 너무 괴롭고 죄스러워서 더 이상 볼 수가 없다.

그는 뒷짐을 지고 천천히 마당을 거닐고 있었다.

몇 그루의 잘 자란 나무가 담 안쪽에서 자라 있고, 화단에는 봄에 싹을 틔울 화초들이 겨울잠을 자고 있었다.

그때 인기척을 느낀 대무영이 문 쪽을 쳐다보자 한 아낙네가 조심스럽게 들어서고 있는 것이 보였다.

그녀를 발견한 대무영은 움찔 가볍게 놀랐으며 곧 가슴이 답답해졌다.

그녀는 아까 강가에서 보았던 무생의 아내가 분명했다. 그녀는 두 손으로 쟁반을 떠받들고 있는데 거기에는 보자기에 덮인 그릇이 놓여 있었다.

그녀는 한쪽에 우두커니 서서 자신을 바라보고 있는 대무영을 발견하고는 화들짝 놀라서 하마터면 쟁반을 떨어뜨릴 뻔 했다.

“아……."

“미안하오."

그녀가 놀라는 바람에 대무영은 미안해서 어쩔 줄 모르며 다가갔다.

"아… 아니에요."

그녀는 황망히 정신을 수습하고 나서 쟁반을 잠시 땅에 내려놓고는 두 손을 앞에 모으고 대무영에게 공손히 허리를 굽혔다.

"저는 무생의 처 우련(禹蓮)이에요."

"대무영이오."

대무영이 예상했던 대로 그녀는 무생의 처였다. 우련은 허리를 굽힌 상태에서 말을 이었다.

"남편을 집에 데려와 주서서 정말 고마워요."

차라리 원망을 하면 속이라도 편할 텐데, 그녀가 고맙다고 하자 대무영은 몸 둘 바를 몰랐다. 그에게는 감사가 아니라 원망으로 들렸다.

"미안하오. 나는 무 형을 살리지 못했소."

우련은 고개를 들고 눈물을 흘리면서 대무영을 바라보았다.

"그렇지 않아요. 저는 아까 강변에서 은공께서 하신 말씀을 다 들었어요. 곡주께서 은공을 친구로 받아들이셨다는 것은 은공께서 아무 잘못도 없다는 뜻이에요."

대무영은 말문이 막혔다. 일개 아낙이 하는 말치고는 매우 속이 깊었다.

　보통의 아낙네는 이런 식이 아니다. 무조건 원망하고 저주를 퍼부을 것이다.

　"제 생각도 곡주와 다르지 않아요. 제 남편이 살아서 돌아오지 못한 일은 너무 슬프지만……."

　그녀는 감정이 복받쳤는지 잠시 흐느끼다가 다시 말을 이으려고 했다.

　"저는……."

　"부인 마음은 알겠소."

　대무영은 그녀가 너무 힘들어하는 것 같아서 말을 그만하도록 하고 싶었다.

　"아뇨. 은공께선 제 마음을 몰라요. 알 수가 없죠."

　그렇다. 대무영은 그녀의 마음을 일 푼도 알지 못한다. 다만 막연하게 짐작할 뿐이다.

　"난마는 시아버님을 죽인 자예요. 그래서 그자를 죽이는 일에 남편이 자원했던 거였어요."

　대무영은 적잖이 놀랐다. 설마 난마가 무생의 부친을 죽였을 줄은 전혀 상상하지 못했었다.

　"만약 은공이 아니었다면 제 남편은 난마 손에 죽었을 거예요. 그런데 은공께서 제 남편을 살려주셨어요. 이 대(二代)에 걸친 접화를 막아주신 거예요."

우련은 평락이나 다른 사람들은 거론하지 않고 자신의 남편 무생에 대해서만 말했다.

다른 남편에 대한 것은 자신이 거론할 바가 아니라고 생각하는 것 같았다.

"은공께선 제 남편에게 도와달라고 요구하지 않았어요. 아무런 대가도 원하지 않았지요. 그런데 제 남편 스스로 은공을 돕고 싶어 했어요. 그게 보은하는 길이라고 믿었던 거예요. 그 과정에 남편이 죽었어요. 은공께서 그를 죽인 게 아니에요. 그가 스스로 선택했던 일이었어요. 그래서 저는 남편이 자랑스러워요."

대무영은 어금니를 꽉 깨물었고 가슴에서 마구 눈물이 흘러내렸다.

"그런데 은공께선 남편의 시신을 저에게 데려다 주었어요. 하마터면 저희는 남편의 장례도 치르지 못하고, 그가 어떻게 죽었는지 언제 제사를 올려야 하는지도 모를 뻔했어요. 은공께선 저희에게 두 번씩이나 은혜를 베푸신 거예요. 고마워요. 정말 고마워요."

그녀의 말은 백 번 옳다. 대무영이 아니었으면 무생은 이미 오래전에 난마에게 죽었을 것이다.

대무영 덕분에 무생은 살아나서 은혜를 갚았고 그리고 죽은 후에 집으로 돌아왔다.

만약 난마에게 죽었으면 그의 시신은 들짐승의 먹이가 됐을 것이다.

"그래도 나는… 친구들에게 큰 빚을 졌소."

"그리 생각하지 마세요. 은공은 남편에게 은혜를 베풀었고, 남편은 그 은혜를 갚았어요."

대무영은 괴로운 얼굴로 고개를 가로저었다.

"그렇게 산술적으로만 말할 수 없소. 어쨌든 나는 친구들에게 은혜를 갚아야 하오."

우련은 강직한 모습의 대무영을 조심스럽게 바라보다가 인사를 하고 부엌 쪽으로 총총히 사라졌다.

대무영은 그녀의 모습을 눈으로 좇다가 집 입구 안쪽에 십삼사 세 남짓의 소녀가 오도카니 서 있는 것을 발견했다. 아마 평락의 딸인 듯한데 조금 전 대무영과 우련의 대화를 다 들은 것 같았다.

소녀는 뭔가 깊은 생각에 골똘히 잠겨 있다가 고개를 들었는데 마침 그녀를 보고 있던 대무영하고 눈이 마주치자 깜짝 놀라더니 황급히 집 안으로 들어가 버렸다.

第百一章
천리마

저녁 식사가 차려진 식탁은 그야말로 진수성찬이다. 상다
리가 부러진다는 말은 이럴 때 써야 할 것 같았다.

집 안에는 두 개의 방과 그 사이의 거실 겸 식사를 할 수 있
는 공간이 있고, 한쪽에 부엌이 있다.

대무영은 식탁 옆에 서서 복잡한 표정을 지었다. 자신은 죄
인이나 다름이 없는데 안수려가 이렇게 많은 요리를 했다는
것이 미안했다.

"앉으세요."

대무영은 안수려가 사근사근한 목소리로 가리키는 의자에

앉았다.

"죽은 사람의 부인들이 요리를 갖고 왔어요."

그녀의 말에 대무영은 깜짝 놀라며 아까 무생의 처 우련이 들고 들어왔던 쟁반이 반사적으로 떠올랐다.

그 이후에 그는 방에 들어갔었는데 다른 부인들이 요리를 더 갖고 온 모양이다.

"누구였소?"

"저를 제외한 여섯 명의 부인이었어요."

"아……."

대무영은 충격을 받았다. 무생과 임우청을 비롯한 여섯 친구의 부인이 모두 대무영에게 주려고 요리를 갖고 왔다는 것이다.

도대체 그녀들은 그 요리를 만들면서 무슨 생각을 했을 것인가를 생각하니 대무영은 가슴이 답답해졌다.

안수려는 대무영의 눈치를 보면서 조심스럽게 말했다.

"그녀들은 은공을 자신들의 집에 모시고 싶어 해요. 은공께서 원하시면 그녀들 집에 가서도 돼요."

"형수는 내가 어떻게 했으면 좋겠소?"

대무영이 '형수' 라고 부르자 안수려는 깜짝 놀랐다가 곧 두 눈이 촉촉해졌다.

"이곳에 계셨으면 좋겠어요."

“그러겠소.”

안수려는 대무영의 대답에 눈에 띠게 기쁜 표정을 지었다.

“앉으시오, 형수.”

“아니… 저희는 나중에 먹을 테니 어서 드세요.”

대무영은 손사래를 쳤다.

“내가 펑 형의 집에 묵으려고 했던 이유는 혼자서 밥을 먹으려던 것이 아니오. 펑 형의 가족과 함께 지내고 싶기 때문이었소.”

그는 안수려는 물론 남매들까지 다 나오게 해서 식탁에 둘러앉혔다.

딸 펑희(平姬)는 울었는지 눈이 빨갛게 충혈이 된 모습으로 고개를 푹 숙이고 있었다.

펑희의 남동생 펑단(平旦)은 열한 살이며 매우 총명하게 생겼는데 아까부터 호기심 어린 표정으로 대무영을 요모조모 살펴보고 있었다.

대무영은 펑희가 못내 신경이 쓰여서 젓가락을 들지도 못하고 있다. 식사를 하는 것이 중요한 것이 아니다.

펑희는 한창 감수성이 예민한 나이에 아버지의 느닷없는 죽음으로 큰 충격을 받았을 것이다.

그런데 아버지의 죽음에 원인을 제공한 대무영이 같은 집에서 묵겠다고 버젓이 들어왔으니 못마땅한 정도가 아니라 대무영이 저주스럽다고 해도 할 말이 없다.

대무영은 평희 또래의 어린 소녀를 어떻게 다루어야 하는지 전혀 모른다.

그의 주변에는 그만한 나이의 소녀가 없었다. 아니, 평희보다 한 살 위인 소연이 있었다.

소연은 대무영의 동정을 가져간 첫 여자로서 그때 소연의 나이가 열다섯 살이었다.

그것은 벌써 이 년 전의 일이니까 소연은 지금 열일곱 살이 됐을 것이다.

소연과 평희를 비교할 수는 없다. 온갖 고생과 경험을 두루 겪은 소연은 어린 나이에도 매우 어른스러웠지만, 따뜻한 부모의 보살핌 속에서 고생이란 모르고 자란 평희는 그 또래의 어린 소녀에 다름 아니다.

"희아."

대무영이 나직이 부르자 평희는 움찔했으나 푹 숙인 고개를 들지는 않았다.

안수려가 평희를 조용한 목소리로 꾸짖었다.

"희아. 삼촌이 부르시잖느냐?"

안수려는 대무영을 삼촌이라고 호칭했다. 그가 조금 전에 자신을 형수라고 불렀기 때문이다.

삼촌이라는 말에 평희는 깜짝 놀라서 고개를 들었다. 그녀는 울고 있었다. 고개를 들자 기다렸다는 듯 눈물이 후드득 떨어졌다.

열네 살 어린 소녀가 감당하기에는 아버지의 죽음이라는 짐이 너무도 컸다.

"희아, 그리고 단아."

대무영은 자신을 말끄러미 바라보는 두 아이를 번갈아 쳐다보다가 시선을 돌려 벽을 응시했다.

"내가 죽어서라도 네 아버지를 살릴 수 있었다면, 나는 기꺼이 그렇게 했을 거야."

대무영의 왼쪽 옆에 앉은 안수려는 깜짝 놀라는 표정을 지었고, 평희는 눈을 동그랗게 뜨고 그를 바라보았다.

대무영은 평희와 평단, 그리고 안수려를 위로하기 위해서 어떤 우회적인 방법도 사용하지 않기로 했다. 대신 진심만을 말하기로 마음먹었다.

"그러나 내게는 그렇게 할 수 있는 기회조차도 없었다. 네 아버지는 내가 모르는 사이에 이미 원흉에게 당하고 말았다. 그것이 내가 가장 원통하게 여기는 일이다. 네 아버지의 죽음에 내가 아무것도 할 수 없었다는 사실이 나를 비참하게 만들고 있어."

착잡하고 슬픈 표정의 대무영의 두 눈에 그렁그렁 눈물이 고였다.

안수려와 남매는 감정이 격해져서 어깨를 들먹이며 흐느껴 울었다.

진심이 훌륭한 이유는 가감 없이, 그리고 여과 없이 상대방의 마음에 그대로 전해지기 때문이다.

거짓말을 잘하는 사람은 머리가 매우 좋아야 한다. 자신이 한 거짓말을 다 기억하고 있어야 곤란한 상황에 처하지 않기 때문이다.

하지만 진심과 진실을 말한 사람은 그것을 기억할 필요가 없다. 언제든지 똑같이 말할 것이기 때문이다.

대무영의 눈물을 본 안수려와 평희는 소나기가 쏟아지듯이 눈물을 흘렸다. 그의 진심이 전해진 것이다.

어린 평단도 아버지의 죽음을 생각해 내고 주먹으로 눈두덩을 문지르며 울었다.

"내가 너희 아버지보다는 많이 부족하지만, 나는 아버지의 형제인 삼촌으로서 이제부터 너희를 위해서 모든 것을 바칠 생각이다."

대무영은 더 이상 말하지 않고 입을 다물었다. 이제 더 할 말이 없는 것이다.

비록 많은 말을 하지는 않았으나 그는 자신이 하고 싶은 말을 다 했다.

가늘게 몸을 떨면서 흐느껴 울던 평희가 일어나서 대무영에게 다가왔다.

그가 팔을 벌리자 평희는 쓰러지듯이 그의 품에 안겨 들며 울음을 터뜨렸다.

그가 다른 팔을 내밀자 평단도 망설임 없이 다가와서 안기며 엉엉 소리 내서 울었다.

진심만 통하는 것이 아니라 슬픔도 서로 통한다.

해시 무렵. 대무영이 안수려와 평희, 평단과 함께 화목한 시간을 보내고 있을 때 소매곡주 막사군이 대무영에게 잠시 와달라면서 사람을 보냈다.

대무영이 소매곡의 가장 위쪽 신안강 최상류 언덕 위에 위치한 막사군의 거처에 도착하자 이미 여러 사람이 와 있었으며 연회가 준비되어 있었다.

긴 탁자의 둘레에는 대무영과 막사군을 비롯하여 삼십여 명의 사내가 둘러앉았다.

소매곡 소매전사들은 십오 명 단위로 일 개 조를 꾸리는데 이곳에 모인 사람들은 각조의 조장으로서 소매곡을 대표하는 사람들이다.

대무영은 물론 막사군도 특별한 자리에 앉지 않았다. 그저 다리가 짧은 긴 탁자 둘레 바닥에 책상다리로 다 같이 둘러앉은 모습이다. 즉, 권위 같은 것 없이 모두 평등하다는 뜻이다.

한동안 서로 통성명을 하면서 화기애애한 분위기 속에 몇 순배의 술잔이 돌아갔다.

이윽고 막사군이 담담한 표정으로 대무영에게 물었다.

"대 형은 우리가 무엇 때문에 쟁천십이류를 적으로 삼았는지 궁금하지 않소?"

"궁금하오."

대무영은 오래전부터 그것이 궁금했었으며 평락 등과 친구가 된 이후에는 더 궁금해졌었다.

막사군은 술을 한 잔 들이켜고 나서 조용한 목소리로 말문을 열었다.

"우리 모두는 각자 쟁천십이류에 원한이 있는 사람이오."

대무영은 우련의 시아버지, 즉 무생의 부친이 난마에게 죽었다고 한 말을 기억해 냈다. 그래서 어쩌면 이들도 가족 중의 누군가 쟁천십이류에게 죽음을 당한 것일지도 모른다는 생각이 들었다.

하지만 쟁천십이류 사이에서는 매일같이 싸움이 부지기수로 일어난다.

쟁천십이류가 되기 위해서, 그리고 더 높은 등급이 되려고 끝없이 싸움이 벌어진다.

그것은 개인의 욕심이다. 애초에 쟁천십이류에 대한 욕심을 버리면 싸움 자체가 일어나지 않을 것이다.

그러므로 이들이 원한이라고 주장하는 것은 분명 잘못된 자신만의 아집일 터이다.

이른바 잘되면 내 탓인 것이고, 못되면 조상 탓이라고 하는 것과 같다.

하지만 대무영은 생각만 그렇게 했을 뿐 아무 말도 내색도 하지 않았다.

"우리는 가족이나 절친한 벗을 쟁천십이류에게 잃었는데, 죽은 사람들은 처음부터 쟁천십이류하고는 아무런 상관도 없었소."

그런데 막사군은 마치 대무영이 지금 무슨 생각을 하고 있는지 짐작한다는 듯한 말을 꺼냈다.

대무영의 짐작은 맞았다. 이들의 가족이나 절친한 벗이 쟁천십이류에 당한 것이다.

그런데 그의 짐작은 절반만 맞았다. 죽은 사람들은 쟁천십이류하고 상관이 없다고 하지 않는가.

"말하자면 죽은 사람들은 쟁천십이류가 아니었소. 그런데 쟁천십이류에게 죽음을 당했소."

"그럴 수도 있소?"

대무영은 이해를 하지 못했다.

막사군은 씁쓸한 표정을 지었다.

“그것이 바로 쟁천십이류의 맹점이고 그들이 이 땅에서 반드시 사라져야만 하는 이유요.”

막사군은 점점 더 알 수 없는 말을 했다.

대무영은 술 마시는 것도 잊고 막사군의 말에 집중했다.

“쟁천십이류의 원래 의도는 강호에 열두 개의 등급을 설정해서 그들에게 명예를 주어 강호인 모두가 그것을 쟁취하기 위해서 가일층 무도에 전념하여 강호 전체를 부흥시키자는 것이었소.”

대무영은 그 다음 말이 궁금해서 고개만 끄떡였다.

“그 의도는 성공했소. 그러나 무림청은 그로 인한 병폐까지는 예상하지 못했소.”

“병폐라는 것은…….”

대무영은 병폐가 무슨 뜻인지 몰라서 물으려고 했으나 말의 흐름을 끊는 것 같아서 그만두었다.

“쟁천십이류에 오른 자들의 만행이오.”

“무슨 만행이오?”

“무림청은 쟁천십이류에 명예만 주려고 했으나 그들은 새로운 것을 만들어내서 갖게 되었소.”

대무영은 군주까지 올라봤으나 명예나 명성은 있을지언정 다른 것을 가져본 적은 없었다.

막사군은 굳은 얼굴로 자르듯이 말했다.

“권력이오.”

“권력······.”

“그렇소. 쟁천십이류는 권력이 생겼소.”

대무영은 의아한 표정을 지었다.

“무슨 권력이오? 그건 누가 주었소?”

“누가 준 것이 아니라 자연적으로 생긴 것이오.”

막사군은 화가 나는지 잠시 거친 숨을 쉬었다가 분을 삭이고 말을 이었다.

“예를 들어 보겠소. 작은 시골 마을의 무도관에서 쟁천십이류의 최하위인 명협이 탄생했다고 칩시다. 그자는 그 마을에서 어떤 존재일 것 같소?”

작은 시골 마을에서 명협이 나왔다는 것은 실로 대단한 일이다. 그자는 필경 그 마을에서 첫 손가락 꼽히는 인물이 될 것이다.

“그 마을 최고가 아니겠소?”

“그렇소. 세월이 흐르면서 그자는 자신을 키워준 부모형제와 사부에게도 무례하게 굴고 친구들이나 사형제들마저 눈 아래로 멸시하게 될 것이오. 그리고는 마을에서 거칠 것 없이 활개치고 다닐 것이오. 구태여 돈을 벌 필요도 없소. 다들 알아서 갖다 바치기 때문이오. 그렇게 하지 않으면 큰일 날 테니까 말이오.”

대무영은 고개를 가로저었다.

"설마 명협이 됐다고 해서 그럴 리가 있겠소? 그까짓 게 뭐 대단하다고 말이오."

막사군과 조장들은 대무영이 순진하다고 생각하여 싱그러운 눈빛으로 그를 바라보았다.

"확인해서 통계를 내보니까 백 명이면 그중에 구십 명은 그렇소. 예전에는 그러지 않았던 사람도 쟁천십이류가 되면 그렇게 변하게 되어 있소."

막사군은 이제부터 재미있는 얘기를 할 것이라는 듯 엷은 미소를 지었다.

"그런데 만약 시골 마을의 그 명협이 그보다 훨씬 큰 현으로 나온다면 어떻게 될 것 같소?"

대무영은 쓴웃음을 지었다.

"명패도 못 내밀겠지요."

"그렇소. 웬만한 현에서 거들먹거리려면 최소한 패령이나 후선 정도는 돼야 하오."

충분히 있을 법한 일인데 대무영은 거기까지는 생각해 본 적이 없었다. 그 자신이 그러지 않으니까 생각이 미치지 않았던 것이다.

"누가 천무천인을 천하제일인으로 만들어주었소?"

"그야… 쟁천십이류 아니오?"

막사군이 불쑥 묻자 대무영은 천무천인이라는 이름을 듣고 마음이 착잡해져서 대답했다.

막사군은 고개를 가로저었다.

"아니오. 쟁천십이류는 그를 제일등급인 천무로 만들어주었으나 천하제일인은 아니오. 그렇게 만든 것은 강호인들이고 천하인들이오. 그리고 천무천인 스스로 그렇게 만들었소."

대무영은 무슨 뜻인지 알 것 같기도 하고 모를 것 같기도 했다.

"강호인들과 천하인들은 쟁천십이류 앞에서 스스로 굴복하면서 권력을 두 손으로 받들어 헌상했소. 그들이 권력을 휘두르고 폭거를 일삼아도 당연하게 여겼소. 그런 식으로 쟁천십이류는 점점 더 난폭한 권력의 괴물로 성장해 왔소."

좌중에 무거운 침묵이 흘렀다. 이제 곧 막사군이 무슨 말을 하려는지 짐작하기 때문이다.

"쟁천십이류는 자기들끼리만 싸우지 않소. 자신의 권력을 이용해서 욕심을 채우는 일에 눈길을 돌렸소. 그 과정에 쟁천십이류가 아닌 많은 사람이 죽었소."

대무영은 막사군의 말을 그제야 이해할 수 있었다. 그것은 충분히 가능한 일이다.

적사파울은 마학사의 탈을 쓰고 쟁천십이류를 이용하여

어마어마한 부를 축적했었고, 대무영은 그에게 철저히 이용 당했었다.

"쟁천십이류 중에서 더 높은 등급을 쟁취하려고 자기들끼리 싸우는 자는 많지 않소. 대부분 자신의 등급에 만족하거나 그것을 뺏길까 봐 전전긍긍하고 있소. 그리고 그것을 이용해서 욕심을 채우는 일에 급급하고 있소."

막사군은 암울한 표정을 짓고 있는 삼십여 명의 조장을 씁쓸하게 둘러보았다.

"그 과정에 우리의 가족과 친구들이 무참히 죽음을 당했소. 만약 쟁천십이류라는 것이 없었더라면 우리 가족과 친구들이 죽지 않았을 것이오."

막사군은 어금니를 악물고 단정적으로 말했다.

"쟁천십이류는 강호, 아니, 천하의 병적인 존재요. 그래서 우리는 우리 몸이 부서져서 가루가 되는 한이 있더라도 쟁천십이류를 없애려고 하는 것이오."

이들도 처음에는 각자 개인적으로 복수를 하려고 했었지만 오래지 않아서 같은 아픔을 갖고 있는 사람이 많다는 사실을 알게 되어 무리를 이루게 되었다. 그리고 십오 년의 세월이 흘러 지금에 이르고 있다.

설명을 마친 막사군은 에두르지 않고 대무영에게 단도직입적으로 물었다.

"대 형은 쟁천십이류를 어떻게 생각하오?"

대무영은 생각할 것도 없다는 듯 즉답했다.

"사라져야 하오."

그리고 그는 주먹을 움켜쥐며 눈에서 불을 뿜었다.

"특히 천무천인은 기필코 내 손으로 죽이고 말겠소!"

막사군을 비롯한 모든 조장은 흐뭇한 표정으로 대무영을 바라보았다.

그렇지만 그들은 대무영이 천무천인을 죽이겠다는 의기만 높이 평가하는 것이지 그가 실제로 천무천인을 죽일 수 있을 것이라고는 믿지 않았다.

그러나 단목검객이라는 쟁쟁한 명성과 그가 쟁천십이류 세 번째 등급인 생사혈륜 난마를 죽인 것으로 미루어 절정고수의 반열에 올랐다는 사실은 인정한다.

그것만으로도 충분히 굉장한 일이다. 불과 약관의 나이에 그만한 경지에 오른 고수는 강호를 통틀어 전무할 것이기 때문이다.

대무영은 문득 궁금한 것이 있어서 막사군에게 물었다.

"나는 예전에 소매곡의 십팔혼 현중을 죽인 일이 있소. 그 일 때문에 나를 원망하지는 않소?"

대무영은 오래전에 마학사였던 적사파울의 돈벌이에 놀아 나서 도전자 중에 소매십팔혼을 죽였으며, 그가 무당파 장문인 무학자의 둘째제자라는 사실을 알아내고 무당파로 찾아가서 소매곡에 회유되려는 셋째제자 현풍을 색출해 내기도 했었다.

어떤 방, 문파나 조직이라도 자파의 사람을 죽이고 일을 망치게 한 인물에게 원한을 품는 것은 당연한 일이다.

그런데 뜻밖에도 막사군은 빙그레 미소를 지으며 대수롭지 않다는 듯 손을 저었다.

"그 일이라면 개의치 마시오. 우린 복수를 하지 않으니까 말이오."

"복수를 하지 않다니……."

대무영이 이해할 수 없다는 표정을 짓자 막사군이 미소를 잃지 않으며 설명했다.

"말하자면 복수의 사슬을 끊자는 것이오. 우리가 쟁천십이류를 암살하는 일을 하다가 또 다른 원한을 만들어내면 본연의 목적에 충실할 수가 없소."

대무영은 진지한 표정으로 들었다.

"쟁천십이류를 암살하는 일에만 충실하자는 것이오. 우리가 하는 일이 누군가를 죽이는 일이기 때문에 그로 인해서 반드시 원한이 생기게 마련이오. 가족이나 친구, 사형제를 잃은 자가 우리에게 복수를 할 것이고, 우리는 또다시 그들에게 복수를 한다면 끝없이 복수만 이어질 것이 분명하오. 대 형이라면 이 일을 어떻게 했으면 좋겠소?”

과연 그의 말이 틀림없다. 그렇게 복수만 계속 이어지다가는 강호의 정의니 협의 따윈 사라지고 오로지 복수만이 남게 될 것이다.

“그래서 우리는 쟁천십이류를 암살하려다가 실패해서 우리 중에 누군가 죽음을 당하면 거기에 대해서는 복수를 하지 않기로 했소.”

“하지만…….”

“대 형이 무슨 말을 하려는지 알겠소. 상대가 쟁천십이류이기 때문에 또다시 그를 암살해야 하는 것을 묻는다면 그렇소. 우린 그가 죽을 때까지 사람을 보낼 것이오. 그러나 그가 더 이상 쟁천십이류가 아니라면 그 일은 우리 기억에서 깨끗이 잊는다오.”

그의 말대로라면 정말 깨끗하고 간결한 처사다. 하지만 오욕칠정을 갖고 있는 인간이 그러기는 결코 쉽지 않다. 대무영이라면 그렇게 못 할 것이다.

“만약 말이오.”

대무영은 자기가 생각해도 말도 되지 않는 것을 물으려고 했다.

“천무천인이 쟁천십이류 천무에서 물러나도 그를 잊을 수가 있겠소?”

“물론이오.”

막사군이 막힘없이 대답하고 조장들도 고개를 끄떡이자 대무영은 멍한 표정이 됐다.

그러나 그는 오래 생각하지 않았다. 소매곡이 이처럼 투명하고도 확고한 목적의식과 철학을 지니고 있다는 사실이 뜻밖이지만 그 점이 마음에 들었다. 그렇지만 그는 의문이 하나 더 남았다.

“예전에 적사파울이 말하기를 소매곡은 점조직으로 이루어져서 소매전사들끼리도 서로에 대해서 아는 것이 없다고 들었소.”

“적사파울이 누구요?”

막사군의 당연한 질문이다.

“마학사요.”

“아… 그런데 그를 어째서 적사파울이라 부르오?”

“그 얘긴 나중에 해드리겠소.”

막사군은 고개를 끄떡이고 나서 빙그레 미소 지었다.

“우린 처음부터 이곳에서 살았소. 점조직이니 소매전사들이 서로에 대해서 전혀 모른다는 것은 우리가 강호에 흘린 소문일 뿐이오.”

“그렇군요.”

의문은 간단하게 풀렸다.

그날 밤 연회는 늦도록 이어졌다. 대무영은 막사군 등에게 적사파울에 대해서 자세히 설명했으며, 그 외에도 자신이 알고 있는 여러 내용을 이야기 했다.

하지만 자신의 신분이나 내력에 대해서는 말하지 않았다. 즉, 자신이 발해 왕자의 후손이며 향격리랍이라는 곳에 새로운 고구려를 건국한다는 내용이다.

말은 하지 않을수록 내게 유리하고, 비밀은 많은 사람이 알게 될수록 내게 불리하기 때문이다.

연회가 끝나자 막사군이 직접 대무영과 함께 평락의 집까지 가주었다.

가는 도중에 이런저런 대화를 나누다가 대무영이 물었다.

"곡주, 혹시 이 근처에 조용히 운공조식을 할 만한 장소가 없겠소?"

그 말에 막사군이 조금 정색을 했다.

"나는 대 형이라 부르는데 대 형은 나를 곡주라고 부르니까 불공평하지 않소?"

대무영은 그렇게 생각하지 않았다. 하지만 그때 문득 한 가지 생각이 떠올랐다.

"평 형은 곡주를 뭐라고 불렀소?"

"평락이 사십이 세고 내가 사십오 세니까 사석에서는 나를 형이라고 불렀소."

대무영은 걸음을 멈추고 막사군을 마주보고 섰다.

"그렇다면 나도 곡주를 형님으로 모시겠습니다."

"아니?"

막사군은 깜짝 놀라 당황했다.

"그럴 것까지는 없소. 대 형이 그러면 내가 염치없는 사람이 되오."

"그렇지 않습니다. 평 형이 형님으로 모셨다면 저도 그러고 싶습니다. 부디 받아주십시오."

막사군은 대무영이 평락을 정말로 좋아했었다는 사실을 새삼 알게 되었다.

"알겠네. 이제부터 나는 자네를 평락 아우처럼 대하겠네."

"고맙습니다, 형님."

이어서 대무영은 조금 난색을 표했다.

"그런데 형님께 부탁이 있습니다."

막사군은 껄껄 웃었다.

"하하하! 아우의 부탁이라면 무엇이든 들어주겠네!"

"제게 의형님이 한 분 계십니다. 그런데 그분이 쟁천십이류라서 소매곡의 적입니다."

"음!"

"제가 나중에 그 형님을 설득해서 쟁천십이류에서 물러나게 할 테니까 지금은 그분을 적으로 삼지 말아주십시오.”

막사군은 흔쾌히 고개를 끄떡였다.

“쟁천십이류에서 물러나기만 한다면야 넉넉하게 기다려 줄 수 있네. 그런데 그가 누군가?”

대무영은 의미 있는 미소를 지었다.

“나중에 소개해 드리겠습니다. 아마도 나이로 봐서 그분이 큰형님이 될 것입니다.”

막사군은 기쁜 얼굴로 설레발을 피웠다.

“그런가? 나는 외아들이라서 형제가 많을수록 기쁘네. 특히 형님이 계시다면 더욱 좋지.”

막사군이 운공조식하기 좋은 곳이라면서 대무영을 이끌고 간 곳은 강의 상류였다.

마을 맨 꼭대기에 막사군의 거처이자 회의 등을 하는 집무실이 있고, 그곳에서 삼십여 장쯤 더 거슬러 올라가면 강 이쪽 편에 하나의 작은 지류(支流)가 있다.

그런데 희한하게도 그 지류에서 뜨거운 수증기가 무럭무럭 피어올랐다.

지류라고는 하지만 실개천 정도의 폭이다. 그곳을 백여 장쯤 따라서 올라가자 지류가 끝나고 폭 십여 장 정도의 아담한 소가 나타났다.

부글부글… 쿠륵…….

그런데 소 여기저기에서 거품이 솟구쳐 올랐다. 소 밑바닥에서 뜨거운 물이 솟는 것이다.

"여긴 온천일세."

"온천이요?"

"땅속에서 뜨거운 물이 한없이 솟구치는데 이곳에서 정기적으로 목욕을 하면 여러 병이 치유되고 무병장수한다네. 자, 우리도 들어가 볼까?"

막사군은 대무영의 의견을 묻지도 않고 옷을 훌훌 벗어던지더니 곧 알몸이 되어 온천으로 뛰어들었다.

"어서 들어오게."

막사군은 벌써 온천 속에 자리를 잡고 앉아서 느긋한 표정을 지었다.

대무영이 빙그레 미소 지으며 옷을 벗고 천천히 온천으로 들어가려는데 기분이 좋은 듯 눈을 반개하고 그를 쳐다보던 막사군이 갑자기 눈을 휘둥그렇게 떴다.

"아니?"

대무영은 뒤에 뭔가 있나 싶어서 뒤돌아보았으나 아무것도 없었다. 그런데 막사군의 다음 말이 걸작이다.

"맙소사… 자네 물건 엄청나게 크군."

"어… 형님도……."

대무영은 쑥스러워하면서 온천에 몸을 담갔다. 막사군은 연신 혀를 내둘렀다.

"자네 틀림없이 아직 동정이지?"

"아닙니다."

막사군은 고개를 모로 꼬았다.

"그럴 리가… 말처럼 거대한 이 물건을 받아내고도 살아남은 여자가 있다니 믿어지지 않네."

"그만하십시오. 형님!"

대무영이 짐짓 정색을 하자 막사군은 소의 한쪽을 가리키면서 화제를 바꾸었다.

"저기 동굴 보이나?"

그곳에는 한 사람이 걸어서 들어갈 수 있을 만한 동굴의 입구가 있었다.

"저 동굴 안이 제법 넓네. 내가 무공 연마를 하느라 터를 잡아놨으니 자네가 사용하게."

"알겠습니다."

"그런데 자네……."

막사군이 갑자기 심각한 표정을 짓자 대무영도 진지한 표정으로 물었다.

"말씀하십시오."

"자네 것을 받아낸 그 여자 정말로 아직 살아 있나?"

좌악!

“자꾸 놀리깁니까?”

대무영이 벌떡 일어나서 씨근거리자 막사군은 앉은 채 그의 그곳을 빤히 주시하며 연신 감탄했다.

“세상에… 이게 말이지 사람인가? 말도 그냥 말이 아냐. 천리마야, 천리마.”

첨벙!

“우왓!”

대무영은 막사군을 번쩍 들어서 온천에 거꾸로 처박아놓고 밖으로 나왔다.

第百二章
무지한 행동

  자정이 거의 다 되어갈 무렵 대무영은 혼자서 평락의 집으
로 돌아왔다.

  안수려는 그때까지도 자지 않고 문밖에서 기다리고 있다
가 어둠을 뚫고 걸어오는 대무영을 발견하고 그제야 안도의
표정을 지었다.

  "늦었소. 형수."

  "술 드셨어요?"

  대무영이 꾸벅 허리를 굽히자 안수려는 얼굴을 살짝 붉히
면서 미소를 지었다.

"막사군 형님하고 마셨소."

안수려는 깜짝 놀라 눈을 동그랗게 떴다.

"아주버님과 의형제가 되셨나요?"

"평 형이 막사군 형님의 의제라고 하기에……. 아니오?"

안수려는 따스한 눈길로 대무영을 바라보았다. 그 눈빛에 고마워하는 마음이 담뿍 담겨 있었다.

"두 분은 친형제 같았어요."

*　　　*　　　*

대무영이 소매곡에 온 지 어언 보름이 지났다.

그는 소매곡에 온 첫날만 평락의 집에서 자고 다음 날부터는 온천의 동굴에서 운공조식으로 밤을 새웠다.

안수려에겐 운공조식을 위해서 조용한 곳에서 밤을 보낸다고 말해두었지만 그녀는 서운한 기색이 역력했다.

그래서 낮에는 될 수 있는 한 그녀가 차려준 식사를 하려고 애썼다.

매일 밤마다 한시도 쉬지 않고 보름 동안 운공조식을 한 결과 그는 원래의 기력을 완전히 회복했을 뿐만 아니라, 나운정의 내공기까지 더해져서 상상조차 할 수 없을 정도로 고강해졌다.

더 놀라운 것은 나운정의 내공기가 그의 외공기보다 훨씬 더 심후하다는 사실이다.

하긴 쟁천십이류 두 번째 절대의 등급인 그녀의 내공이 오죽하겠는가.

그뿐만이 아니다. 그녀가 가르쳐 준 심법은 그가 예상하지도 않았던 놀라운 능력들을 발휘했다.

하나의 예를 들자면, 예전에는 내공기와 외공기, 그리고 청, 적삼족오의 기운을 하나로 합치거나 따로 분리하는 것이 여간 힘들지 않았었다.

그런데 이 심법으로 운공조식을 꾸준히 하니까 네 가지 상이한 기운이 마음먹은 대로 합쳐졌다가 분리되기를 자유자재로 했다.

그래서 천지검으로 내공기를 발출하여 검강을 전개할 수도 있고, 동시에 손으로 외공기를 뽑어내서 다른 수법을 전개할 수도 있다.

그것만이 아니라 내공기와 외공기, 청, 적삼족오의 기운을 모두 합쳐서 벼락치기나 불꽃쏘기, 짓뭉개기를 발출할 수도 있는데 아직 한 번도 전개해 보지는 않았다. 동굴 안이나 근처에서 전개했다가 뭐라도 부수거나 무너뜨릴까 봐 염려가 됐기 때문이다.

　대무영은 내일부터 본격적으로 무공 연마에 들어가기로 마음먹고 오늘 밤은 막사군과 술이나 한잔할까 싶어서 술시(밤 8시경) 무렵에 동굴을 나섰다.

　뜨거운 온천물이 흐르는 지류가 강으로 흘러드는 지점에 이르렀을 때 대무영은 뚝 걸음을 멈추었다.

　아래쪽 삼십여 장 거리에 보이는 막사군의 거처 안에서 말소리가 흘러나오는 것을 우연히 듣게 되었다.

　그는 한동안 그곳에 서서 대화에 귀를 기울였다. 매우 심각한 내용이었는데 돈에 대한 것이었다.

　소매곡은 기본적인 수입을 사냥이나 약초 채집, 농작물의 판매 등에서 벌어들인다.

　이들이 생활하는 데는 그 돈만으로 충분하고도 남는다. 하지만 소매곡의 본업인 쟁천십이류의 암살을 실행하자면 적지 않은 경비가 소요된다.

　한 개 조가 한 번 살행을 떠났다가 돌아오기까지 약 한 달이 걸리는데 그동안의 경비가 은자 천 냥쯤 든다.

　그런데 소매곡은 평락의 조가 난마를 암살하러 떠난 것을 마지막으로 아직 한 번도 살행을 떠나지 못하고 있다.

　특히 지금 같은 겨울철에는 그나마 들어오던 수입마저 급감하기 때문에 한 번 살행에 필요한 은자 천 냥을 마련하는 것이 여간 어려운 일이 아니다.

대무영은 막사군과 측근들의 대화가 끝나고도 잠시 지난 후에 막사군의 거처로 들어갔다.

"여어! 어서 오게! 천리마!"

바닥의 곰 가죽에 앉아서 고개를 숙인 채 이맛살을 찌푸리고 있던 막사군은 대무영을 보자마자 벌떡 일어나 환한 표정을 지으며 웃었다.

쿠당… 탕!

"으악!"

벙글거리면서 웃던 막사군이 허공을 날아가서 실내를 가로질러 맞은편 벽에 부딪쳤다가 바닥에 나뒹군 것은 순식간에 벌어진 일이다.

대무영은 엄한 표정으로 막사군을 꾸짖었다.

"막 형님, 그렇게 부르지 말라고 하지 않았습니까?"

대무영이 번개같이 달려들어 막사군을 집어던진 것이다.

막사군은 아파서 죽는 시늉을 하면서 엉금엉금 기어 간신히 일어섰다.

"아… 이구, 나 죽네. 아우가 형을 막 패네."

실내에 있던 두 명의 측근, 즉 일, 이 조장이 달려가서 막사군을 부축하면서 웃으며 물었다.

"무슨 일입니까, 형님?"

일, 이 조장은 대무영과 막사군이 장난을 하고 있다는 것을 알고 있기에 심각하게 여기지 않았다.

또한 일, 이 조장은 이런 사석에서는 곡주 막사군을 형님이라고 부른다.

대무영은 막사군이 다치지 않도록 단지 집어던지기만 했을 뿐인데 그는 일어나면서 어디 크게 부러지기라도 한 것처럼 엄살을 떨었다.

"어구구… 무영 아우 거시기가 하도 커서 내가……."

"형님!"

"허엇! 아, 알았네… 잘못했네……."

대무영이 번개같이 달려들면서 또다시 집어던지려고 멱살을 와락 움켜잡으니까 막사군은 겁먹은 얼굴로 두 손을 마구 내저었다.

"동굴에만 박혀 있더니 여긴 어쩐 일인가?"

거의 보름 만에 대무영을 보게 된 막사군은 반가워서 싱글벙글했다.

조금 전까지만 해도 자금 때문에 고민을 하던 사람이라고는 생각되지 않았다.

그걸 보고 대무영은 그가 참 낙천적인 성격이며 또한 자신들의 고민거리를 대무영에게 알리지 않으려는 의도로 풀이

했다.

　간소한 술자리가 차려지자 막사군이 대무영의 손을 잡고 이끌었다.

　"자, 여기 앉게. 천리마."

　"또……."

　"아… 미안하네. 입에 배서……."

　보름 전 밤에 온천에서 대무영을 천리마라고 처음 부르고는 오늘 보름 만에야 다시 보면서 입에 배기는 뭐가 뱄다는 말인가.

　술자리가 무르익을 무렵 대무영은 슬슬 본론을 꺼냈다. 그러나 술자리에서나 할 법한 지나가는 말투로 물었다.

　"형님. 요즘 돈벌이가 될 만한 게 뭐가 있겠습니까?"

　느닷없는 질문에 막사군뿐만 아니라 두 명의 조장도 의아한 표정을 지었다.

　"왜 그러나? 아우가 장사라도 해보려고?"

　"그럴 생각이 좀 있기도 합니다. 강호인이라고 해도 먹고 살아야 하지 않겠습니까?"

　"그건 그러네만……."

　막사군은 턱을 주억거렸다.

　"그런데 무슨 장사를?"

"하하! 그래서 소제가 형님께 물어본 겁니다."

"그렇군……."

막사군과 두 명의 조장은 서로의 얼굴을 마주보며 무슨 장사가 좋은지 표정으로 물었다.

"그야… 아무래도 먹는장사가 제일이죠."

"그렇습니다. 웬만해서는 망할 이유도 없고 현금 장사에다 돈 떼일 염려도 없고 말이죠."

막사군은 대무영을 쳐다보았다.

"…라는데?"

대무영은 스스로 술을 따라서 한 잔 마신 후에 여전히 지나가는 말투로 물었다.

"먹는장사라면 주루 같은 것 말입니까?"

"주루도 있고 기루도 있지."

"기루는 좋지 않습니다."

대무영은 해란화와 적사파울의 기루들을 생각하며 거부감을 나타냈다.

"그런가? 그렇다면 주루가 좋지."

"장소는 어디가 좋겠습니까?"

세 사람이 이구동성으로 대답했다.

"주루라면 역시 동릉현(銅陵縣)이지."

"거긴 어딥니까?"

"황산 북쪽 장강 변에 있는데 장강 상하류 천여 리 내에서 무창과 남창을 제외하고는 가장 번화하지. 이곳에서 백오십 여 리 거리일세."

대무영은 잠시 생각에 잠겼다. 그는 소매곡에 주루를 내주면 어떨까 생각했다.

큰돈을 한꺼번에 덥석 안겨주는 것은 자연스럽지 못하다. 그것보다는 매일, 그리고 매월 정기적으로 일정한 수입이 들어오는 주루 같은 것이 있으면 자금 사정이 좋지 않은 소매곡에겐 제격일 것 같았다.

그리고 앞으로도 소매곡의 자금 사정을 걱정할 필요는 없게 될 터이다.

막사군과 두 조장은 느닷없는 장사나 주루 얘기에 술 마시는 것도 잊은 채 흥미로운 표정으로 대무영을 말끄러미 주시했다.

"그럼 형님께서 동릉현에 주루를 할 적당한 곳을 물색해 주시겠습니까? 새로 짓는 것보다는 장사가 잘되고 있는 주루를 사는 쪽이 좋겠습니다."

지나가는 말로 시작된 얘기가 본격적으로 진행되자 막사군과 두 조장은 어리둥절했다.

막사군은 어이없다는 듯 고개를 가로저었다.

"장사가 잘되는 주루를 누가 팔려고 하겠나?"

대무영은 염려 말라는 듯 느긋하게 미소 지었다.

"시세보다 두세 배 더 주면 팔지 않겠습니까?"

"시세보다 두세 배나 준다구?"

막사군은 눈을 동그랗게 떴다.

"그런 돈이 어디 있나?"

자금이 궁한 사람들은 모든 것이 궁색해서 전전긍긍하는 법이다.

"소제에게 모아놓은 돈이 조금 있습니다."

그는 술잔을 내려놓고 진지한 표정으로 막사군에게 말했다.

그런데도 막사군은 '호오…' 하는 표정만 지을 뿐 그 돈을 탐내거나 아쉬운 표정을 짓지 않았다. 네 돈은 네 돈일 뿐 내 것이 아니라는 뜻이다.

"그래서 드리는 말씀인데……."

"뭔가?"

"소제가 주루에 붙어 있으면서 장사를 할 수는 없지 않겠습니까?"

막사군은 고개를 끄떡였다.

"그렇지."

"그러니까 소매곡에서 소제 대신 장사를 해주십시오. 그러면 수입의 절반을 드리겠습니다."

“…….”

막사군 뿐만 아니라 두 조장도 크게 놀라서 몸을 쭉 펴고는 대무영을 주시했다.

막사군은 지금까지의 표정을 지우고 진지한 표정을 지었다.

“자네 왜 이러는 건가?”

그의 눈이 예리해졌다. 그는 멍청한 사람이 아니다. 대무영이 이러는 의도를 짐작한 것이다.

“혹시 조금 전에 우리가 나눈 대화를 들은 건가?”

대무영이 아무 말도 못하자 막사군은 고개를 끄떡였다.

“그렇군. 그래서 자금 때문에 전전긍긍하는 우릴 도우려고 느닷없이 주루 얘기를 꺼낸 거로군.”

“형님.”

대무영은 자신의 의도가 간파당해서 난처해졌다.

막사군은 대무영의 빈 잔에 술을 따라서 그에게 내밀었다.

“방금 얘기는 없던 것으로 하고 술이나 마시게.”

대무영은 술잔을 받지 않고 씁쓸한 표정을 지었다.

“그렇군요. 이제 보니까 형님은 소제를 외부인으로 생각하시는군요.”

막사군은 어이없는 표정을 지었다.

“그게 무슨 소린가? 절대 그렇지 않네!”

그는 답답한 듯 가슴을 주먹으로 쿵! 쳤다.

"이거야… 가슴을 갈라서 내보일 수도 없고……."

"형님은 이미 가슴을 갈라서 내보였습니다."

"뭐? 내가 언제?"

대무영은 한 번 움켜잡은 기회를 놓치지 않았다.

"잘 생각해 보십시오."

그는 팔짱을 끼고 상체를 꼿꼿하게 세웠다.

막사군은 바보가 아니다. 그는 조금 전에 자신이 대무영의 제안을 거절한 것이 소위 '가슴을 갈라서 내보인' 것이라고 알아차렸다.

"소제를 진정한 아우라고 생각하신다면 그렇게 일언지하에 거절할 수는 없는 겁니다. 그러니까 형님은 소제를 외부인으로 생각하고 있는 겁니다."

슥―

그는 내친김에 더 폭주하기로 했다. 아예 벌떡 일어나 문 쪽으로 향했다.

"이런 곳에 머물 이유가 없을 것 같습니다. 지금 당장 이곳을 떠나겠습니다."

"무영 아우!"

막사군이 놀라서 달려와 대무영의 팔을 붙잡았다.

"왜 이러나, 응?"

대무영은 씁쓸한 표정을 지었다.

"나를 외부인이라고 생각하는 곳에서 한시도 머물고 싶지 않습니다."

막사군은 복잡한 표정으로 대무영을 쳐다보다가 이윽고 고개를 끄떡였다.

"알았네. 내가 졌네. 자네 뜻에 따르겠네."

"정말입니까?"

"그래. 이 고집쟁이야."

다음 날 아침 새벽. 막사군의 거처에 몇 사람이 모여 있다.

대무영과 막사군, 일, 이 조장, 그리고 동릉현에 주루를 알아보러 갈 세 사람이다.

대무영은 동릉현에 갈 세 사람에게 당부했다.

"액수는 개의치 말고 장사가 제일 잘되는 주루를 선택하도록 하시오."

그들은 두 명의 소매전사와 한 명의 오십대 중반의 인물이다. 초로인은 과거에 주루를 해본 경험이 있어서 함께 가는 것이다.

초로인은 막사군과 대무영을 번갈아 쳐다보며 조심스럽게 물었다.

"액수를 개의치 말라고 말씀하시는데… 정확하게 어느 정도 선이라고 말씀을 해주십시오."

"은자 백만 냥으로 생각하십시오."

대무영이 간단하게 말했다.

"백만……."

대무영을 제외한 모든 사람이 놀라서 입을 딱 벌렸다.

초로인은 농담인지 아닌지를 막사군에게 확인하려는데 그
는 더 놀라는 표정이다.

"자네……."

막사군은 대무영이 세 구의 시신과 함께 소매곡에 왔을 때
다 찢어진 옷을 입고 어깨에 달랑 한 자루 검만 메고 있었던
모습을 기억해 냈다.

은자 백만 냥이면 커다란 궤짝에 가득 담아도 열 개가 필요
할 정도다.

설사 대무영이 전표를 지니고 있다고 해도 그 당시의 상거
지 같은 모습으로는 상상이 되지 않았다.

그러나 대무영은 개의치 않고 동릉현에 갈 두 명의 소매전
사 중에 한 명을 가리켰다.

"당신은 내 심부름을 해줘야겠소."

"말씀하십시오."

대무영은 품속에서 자신의 분신이나 다름이 없는 단검 무
영검과 미리 써두었던 서찰을 소매전사에게 내밀었다.

"유계구 포구에 가서 내 가족에게 이걸 보이면 돈을 내줄 것이오."

이어서 그는 유계구 포구에 정박해 있는 배의 모습과 가족 중에서 북설을 찾으라고 일러주었다.

"잘 알겠습니다."

소매전사는 무영검과 서찰을 품속에 잘 갈무리했다.

초로인이 자신의 의견을 말했다.

"아무리 잘되는 주루라고 해도 은자 십만 냥이면 살 수 있습니다. 그런데 은자 백만 냥이면 주루 열 개를 사고도 남을 돈인데……."

"그럼 수고하는 김에 다섯 개를 사들이고 남는 돈은 경비와 주루의 유지비, 보수비로 사용하시오."

막사군을 비롯한 모두는 놀라다 못해서 아예 질린 표정을 지었다.

세 사람이 동릉현으로 출발한 후에 대무영은 아침 식사를 하기 위해서 평락의 집으로 왔다.

"형수, 할 말이 있소."

딸 평희와 아들 평단은 소매곡 내에 있는 학당에 공부를 하러 가서 집에는 안수려 혼자뿐이었다. 대무영은 식탁에 앉아 맞은편에 앉은 안수려에게 말했다.

“뭐… 가요?”

대무영의 진지한 표정을 보고 안수려는 적이 긴장했다.

대무영은 줄곧 생각해 왔던 것을 조심스럽게 꺼냈다.

“앞으로 어떻게 할 생각이오?”

예상하지 못했던 물음에 안수려는 가슴이 덜컥 내려앉았다가 곧 어두운 표정을 지었다.

“어떻게 하긴요. 이곳에서 살아야지요.”

대무영은 막사군에게 평락을 비롯한 일곱 가족에 대해서 물어봤었다.

막사군의 설명으로는, 살행에 나갔다가 불행하게 죽은 소매전사의 가족은 소매곡에서 계속 살도록 하고 전체 구성원이 십시일반으로 도움을 준다고 했다.

소매전사들은 살행에 나가지 않는 대부분의 날은 집에서 생활을 하며 농사와 사냥, 약초 채집, 어로 작업 등을 하는 등 여느 가장이나 다름이 없다.

그렇기 때문에 소매전사, 즉 가장을 잃은 집은 가세가 급격하게 기울게 마련이다.

그래서 가장을 잃은 가족은 한동안 소매곡에서 머물다가는 끝내 이곳을 떠난다는 것이다.

십시일반이란 이웃에게 폐를 끼치는 것이다. 열에서 하나를 떼어내면 아홉이 되고, 형편이 나빠지게 마련이다. 그런 것을 이웃에게 강요하는 것이다.

또한 젊은 과부들은 이곳에서 언제까지나 독수공방하면서 혼자 지낼 수는 없기 때문에 새로운 삶을 찾기 위해 떠날 수밖에 없다.

그런 사정을 들은 대무영은 할 수만 있으면 평락과 다른 여섯 친구의 가족들을 자신이 거두고 싶었다.

"괜찮겠소?"

안수려는 씁쓸한 표정을 지었다.

"괜찮지 않으면 어쩌겠어요? 다른 방법이 없는데……."

대무영의 물음에 안수려는 어두운 얼굴로 고개를 숙였다.

남편이 없다는 것은 그만을 하늘처럼 떠받들고 살던 여자에게는 엄청난 사건이다.

식탁에 요리가 차려져 있지만 두 사람은 손도 대지 않고 실내는 무겁게 가라앉은 분위기다.

"형수도 짐작하시겠지만… 나는 언젠가는 이곳을 떠날 사람이오."

안수려가 흠칫 떠는 것을 보고 대무영은 마음이 아팠으나 말을 이었다.

"그래서 이런 말을 하는 것이오. 형수와 다른 여섯 형수가 편안해지는 것을 봐야 나는 홀가분하게 이곳을 떠날 수 있을 것이오."

안수려는 고개를 들고 조심스럽게 대무영을 바라보았다.

"언제 떠날 건가요?"

"휴우… 형수가 제대로 자리를 잡는 걸 봐야 떠날 수 있을 것이오."

"우리는 걱정하지 말고 삼촌이 언제든지 떠나고 싶을 때 떠나세요."

"지금 그걸 말이라고 하시오?"

대무영이 답답한 마음에 자신도 모르게 버럭 언성을 높이자 안수려는 깜짝 놀라 몸을 움츠렸다.

"미안하오."

"삼촌 말씀은… 자리를 잡는다는 것이 어떤 수준인가요?"

안수려의 조심스러운 물음에 대무영은 생각할 것도 없다는 듯 즉답했다.

"먹고 살 걱정 없는 것과 형수의 재혼이오."

"……"

안수려는 눈을 동그랗게 뜨고 크게 놀라는 표정을 지었다. 대무영이 설마 재혼이라는 말을 할 줄은 예상하지 못했기 때문이다.

그러나 곧 안수려는 정색을 했다.

"저는 재혼 같은 것 생각해 본 적 없어요."

"내가 평 형이라고 해도 형수가 다른 남자를 만나서 행복하게 살기를 원할 것이오."

"제 마음은 변하지 않아요."

안수려는 바늘로 찔러도 피 한 방울 나오지 않을 것 같은
표정을 지었다.

대무영은 답답했다. 그는 평락의 성격이라면 아내가 평생
수절하는 것보다 좋은 남자를 만나서 행복하게 살면서 아이
들을 잘 키워주기를 바랄 것이라고 믿었다. 또한 그러는 것이
진정한 사랑이라고 생각했다.

"나는 아직 혼인은 하지 않았지만 머지않아서 혼인을 할
여자들이 있소."

안수려는 깜짝 놀랐다.

"여자들이라니? 한 사람이 아닌가요? 대체 몇 명이죠?"

대무영은 아차 하는 표정을 지었지만 이미 말이 튀어나와
버렸다.

"다섯… 아니, 여섯 명이오."

해란화와 유조, 소연, 도해, 그리고 파로와 서가를 자신의
여자라고 생각했다.

"아… 일곱이오."

나운정을 빼먹었다. 그녀하고는 동침을 하지 않았으나 한
것이나 다름이 없다.

더구나 그녀가 대무영을 위해서 한 일과 희생을 치른 것을

생각하면 절대 그녀를 버릴 수가 없다.

"맙소사… 어떻게 그럴 수가 있죠?"

안수려가 어이없어 하자 대무영은 얼굴을 붉히며 머리를 긁적였다.

"어쩌다 보니까 그렇게 됐소."

대무영은 수염과 구레나룻을 깎지 않은 덥수룩한 모습이라서 진면목이 감춰져 있다.

안수려는 절세미남도 아닌 그가 무려 일곱 명의 여자를 거느렸다는 사실이 믿어지지 않았다.

"그게 가능해요? 아무런 문제가 없어요?"

대무영은 이야기가 이상한 쪽으로 흘러가고 있어서 서둘러 봉합을 하려고 했다.

"그녀들은 서로 사이가 좋소. 그리고 우린 여럿이서 그걸 하니까 아무런 문제가 없소."

안수려는 의아한 표정을 지었다.

"여럿이서 그걸 하다니요? 그게 뭐죠?"

"정사 말이오."

"아……."

안수려는 얼굴이 새빨개져서 고개를 푹 숙였다. 그러지 않으려고 해도 대무영이 여러 여자하고 알몸으로 뒤엉킨 상상이 자꾸만 떠올랐다.

무식하고 말주변이 없는 대무영은 마침 안수려를 설득할 좋은 방법이 떠올랐다.

"정사는 좋은 것이오. 그렇지 않소?"

그는 솔직한 자신의 느낌을 말했다.

"……."

안수려가 '네, 그래요' 하고 대답할 리 없다. 얼굴이 더 빨개지고 눈을 동그랗게 뜬 채 대무영을 바라보았다.

"형수도 평 형하고 그걸 자주 즐겼을 것 아니오?"

대무영은 정사가 부끄러우며 남에게는 감춰야 한다는 사실을 잘 모르고 있다.

"……."

"그런데 앞으로는 죽을 때까지 그걸 하지 못한다고 생각해보시오. 살맛이 나겠소?"

"그만해요."

안수려가 질색을 하며 도리질을 치자 대무영은 반대로 자신의 말이 먹히고 있다고 착각했다.

그때 안수려가 몸을 일으키더니 대무영에게 다가왔다. 아니, 앉아 있던 그녀의 몸이 저절로 일으켜져서 두 다리를 전혀 움직이지 않은 상태에서 대무영에게 끌려온 것이다.

"아……."

안수려는 당황해서 몸부림쳤으나 마치 몸이 밧줄에 꽁꽁

묶인 것처럼 꼼짝도 하지 못했다.

놀라기는 대무영도 마찬가지다. 그는 안수려를 일으켜서 자기에게 데려와야겠다고 마음만 먹었을 뿐인데 그게 실제 행동으로 일어나고 있는 것이다.

그는 그것이 천무천인이 보여주었던 수법, 즉 허공섭물과 같은 것이라는 사실을 깨달았다.

그리고 아울러 나운정이 가르쳐 준 심법에 의해서 정화된 공력이 무형의 기운으로 발출되어 안수려를 끌어당기는 것이라고 판단했다.

"삼촌… 이게 무슨……."

몸부림치던 안수려는 대무영 앞에 이르러서 빙글 몸이 반 바퀴 돌려지더니 그의 가슴에 등을 대고 그의 무릎에 살포시 내려앉았다.

그러자 대무영은 왼손을 그녀의 상의 속으로 넣어 풍만한 젖가슴을 잡았고, 오른손으로는 치마를 걷어 올려 거침없이 속곳 속의 그곳으로 진입했다.

"무… 무슨 짓이에요? 당장 놔줘요!"

느닷없는 상황에 안수려는 질겁해서 바둥거리면서 소리를 질렀으나 대무영은 막무가내다.

그는 목적을 위해서는 수단 방법을 가리지 않는 성격이다. 그 방법이 잘못됐다는 것은 개의치 않는다. 다만 안수려에게 남자가, 그리고 정사가 얼마나 중요한 일인지를 깨닫게 해주고 싶을 뿐이다.

대무영은 그녀의 유두를 건드리고 젖가슴을 애무하면서 다른 손으로는 소중한 부위를 쓰다듬었다.

안수려는 온몸이 통나무처럼 굳어져서 바들바들 떨었다. 수치스러움과 흥분이 뒤엉켜서 죽고 싶은 심정이다. 또한 이런 어이없는 상황에서도 흥분하고 쾌감을 느끼는 자신이 죽이고 싶도록 미웠다.

"아아……."

대무영의 손이 그녀의 속곳 속에서 어떤 동작을 취했는지 그녀는 갑자기 몸을 활처럼 젖히면서 부르르 떨며 탄성인지 교성인지 모를 소리를 흘렸다.

이윽고 대무영은 그녀에게서 손을 떼고 오른손에 흠뻑 묻은 애액을 들어 보여주었다.

"형수, 이래도 죽을 때까지 혼자 살겠다고 할 거요?"

안수려는 흥분이 고조됐다가 가라앉으면서 수치심과 분노가 밀려들어 얼굴이 하얗게 질려 버렸다.

그리고는 자신의 몸이 자유로워졌다는 것을 깨닫고 그의 무릎에서 일어나 그를 향해 돌아서서 있는 힘껏 뺨을 후려갈겼다.

짜악!

“파렴치한!”

그리고는 방 안으로 달려 들어가며 울음을 터뜨렸다.

대무영은 그 자리에 앉은 채 멍한 표정을 지었다. 이어서 방금 전에 있었던 일을 곰곰이 생각해 보았다.

그리고는 안수려에게 남자가, 그리고 정사가 얼마나 중요한지를 역설하면서 그것을 실제로 증명해 보이려던 것이 지나친 행동으로 이어졌다는 생각이 들었다.

하지만 무식하고 세상 경험이 부족하며 목적을 위해서 저돌적으로 돌진하는 자신의 방식이 크게 잘못했다는 생각은 하지 않았다.

다만 그것에 안수려가 상처를 입었을 것이라는 막연한 생각만 들었다.

그는 여자라면 다 같을 거라는 편견을 지니고 있다. 실제 그가 알고 있는 여자들은 이런 식으로 대하면 다들 좋아했었고 또한 별일이 없었다. 그러므로 그가 생각하기에는 안수려가 별종인 것이다.

하지만 그가 어떤 생각을 하든 지금은 안수려가 그의 빰을 때리고 방으로 들어가서 울고 있다는 사실이 중요하다.

그는 조심스럽게 문을 열고 방으로 들어갔다. 안수려는 침상에 쓰러지듯 엎드려서 서럽게 흐느껴 울고 있었다.

“형수.”

그가 침상 옆에 서서 조용히 입을 열자 안수려는 화들짝 놀라더니 그를 돌아보지도 않고 울부짖었다.

"당장 나가요! 내가 사람을 잘못 봤어요! 감히 나한테 그런 짓을 하다니! 어서 내 눈앞에서 사라져요!"

대무영은 그녀가 예상했던 것보다 더 마음이 상했고 또 화가 났다는 사실을 깨달았다.

그래서 그는 조금 전에 있었던 일에 대해서 다시 한 번 곰곰이 생각해 보았다.

그러나 자신이 정확하게 무엇을 잘못했는지 도무지 깨달아지지 않았다.

산 속에서만 팔 년여를 산짐승처럼 생활했었던 그가 전혀 뜻하지 않은 곳에서 난관에 부닥쳤다.

第百三章
삼 형제

“뭐어? 자네가 제수씨에게 그런 짓을 했다는 말인가?”

대무영의 솔직한 설명을 듣고 난 막사군은 자리에 벌떡 일어서며 소리쳤다.

“네, 형님. 제가 잘못했다는 생각은 드는데 정확하게 뭘 잘못했는지 모르겠습니다.”

“너 이놈!”

막사군은 대무영을 한 대 때릴 것처럼 흥분했다가 그의 표정이 너무 진지한 것을 발견하고 느낀 바가 있었다.

“자네 진짜 아무것도 모르는 건가?”

"네, 형님."

대무영은 울 것 같은 표정을 지었다. 무공만 고강하면 되는 줄 알았는데, 세상에는 배워야 할 것이 너무 많다는 생각이 들었다.

한 가지 다행스러운 것은 그가 배우는 것을 무척 좋아한다는 사실이다.

장소를 불문하고 또 상대가 누구든지 가르침을 내리면 감사히 받는다.

간밤에 눈이 소복하게 내려서 소매곡 전체가 은세계로 변해 있었다.

동이 틀 즈음에 잠에서 깬 안수려는 몸이 개운하지 않고 찌뿌듯했다.

밤새 잠을 설친 까닭이다. 어제 아침에 대무영이 그녀에게 망측스러운 짓을 했기 때문에 잠이 올 리가 없다.

모든 점이 완벽하기만 한 대무영이 느닷없이 그런 짓을 저지른 것에 대해서 그녀는 불쾌하기 짝이 없었다.

대무영의 의도는 충분히 이해한다. 백 마디 말보다 그 한 번의 파렴치한 행동이 그가 무엇을 말하려고 하는지 확실하게 깨닫게 해주었다.

아무리 그래도 꼭 그런 식으로 뜻을 전달할 수밖에 없었는지 이해가 되지 않았다.

그녀가 봤을 때 대무영이 그녀를 하찮게 여기거나 욕정을 품은 것 같지는 않았다.

그는 순전히 자신의 뜻을 전달하기 위해서 그런 것 같았다. 그래서 더 이해하기가 어려웠고 그를 더 용서할 수 없는 것이다.

어제 아침에 그녀는 너무 큰 충격을 받은 탓에 대무영에게 당장 나가라고 소리를 질렀으나 그를 어떻게 해야 할지는 아직 결정을 내리지 못했다. 그의 갑작스러웠던 행동을 이해하지 못하기 때문이다.

안수려는 아침 식사를 준비하기 위해서 불을 땔 장작을 가져오려고 집의 문을 열고 마당으로 나갔다.

끼이…….

"에구머니!"

순간 그녀는 소스라치게 놀라서 그 자리에 엉덩방아를 찧으면서 주저앉고 말았다.

간밤에 내린 눈이 마당에 소복이 쌓였는데, 문에서 대여섯 걸음쯤 떨어진 마당 한가운데에 하나의 커다란 물체가 눈을 뒤집어 쓴 채 놓여 있었던 것이다.

"아아……."

안수려는 주저앉은 채 일어날 생각도 하지 못하고 겁먹은 표정으로 벌벌 떨면서 저것이 대체 무슨 괴물인가 하는 심정으로 그 물체를 바라보았다. 그런데 가만히 보니까 사람의 형상을 하고 있다.

그때 사람이라고 생각한 그 물체가 스르르 눈을 뜨면서 말을 했다.

"형수."

"아앗!"

주저앉아 있던 안수려는 더욱 놀라서 비명을 지르며 뒤로 발라당 자빠졌다.

그랬다가 그 물체가 '형수'라고 불렀다는 것과 목소리가 귀에 익다는 생각을 하며 반사적으로 한 사람을 떠올렸다.

"삼… 촌이에요?"

"그렇소, 형수."

그러고 보니까 체구나 윤곽이 대무영 같았다.

"왜 그러고 계세요?"

"형수, 나는 원래 배운 게 없는 무식한 놈이라서 아무것도 모르고 그런 파렴치한 짓을 했소. 잘못했소, 형수. 용서해 주시오."

안수려는 그제야 대무영이 왜 이런 모습으로 있는 것인지 깨닫고 크게 놀랐다.

그는 밤새 저기에 앉아서 내리는 눈을 다 맞으면서 용서를 빌고 있었던 것이다.

"맙소사… 밤새 이러고 계셨던 거예요?"

"만약 형수가 용서하지 않는다면 일 년, 아니, 십 년이라도 이러고 있을 거요."

안수려는 코끝이 찡하고 가슴이 찌르르 했다. 그녀는 급히 일어나서 다가가 대무영을 일으키려고 했다.

"어서 일어나요. 바깥 날씨가 얼마나 추운데 이러다가 얼어 죽으면 어쩌려고 그랬어요?"

"용서해 주기 전에는 일어나지 않겠소."

"용서할게요. 그러니까 일어나요."

그제야 대무영은 몸을 일으켰다.

우지직… 뿌드득…….

옷이 다 얼어서 뼈마디 부러지는 소리를 냈고 몸에서 우수수 눈이 쏟아졌다.

"아유! 이걸 어째… 다 얼었잖아요. 어서 들어가요."

안수려가 부축을 하며 집 안으로 이끌자 대무영은 못 이기는 체 들어갔다.

이 방법은 막사군이 가르쳐 주었다. 그리고 그는 최대한 불쌍하게 보이라고 충고했었다.

대무영은 식탁 의자에 앉아 있고 안수려는 부엌에서 서둘러 아침 식사를 준비했다.

"식사는 했어요?"

대무영은 그녀가 우선 허기라도 면하라고 식탁에 놔준 요리를 손으로 집어 입에 넣고 씹으면서 그녀의 뒷모습을 응시하며 풀죽은 목소리로 대꾸했다.

"그렇게 혼나서 쫓겨났는데 밥이 목구멍으로 들어가겠소? 밥은커녕 씻지도 않았소."

안수려는 멈칫하고는 급히 뒤돌아보았다. 대무영은 태연하게 오른손으로 요리를 집어 입에 집어넣고 나서 손가락을 입에 넣고 국물을 쪽쪽 빨았다.

"왜 그러오?"

"아… 무 것도 아니에요."

대무영이 다시 요리를 집으면서 묻자 안수려는 급히 고개를 돌리고 하던 일을 계속하려고 허둥거렸다.

'정말 저 사람은……'

그녀는 목덜미까지 새빨개져서 어쩔 줄을 몰랐다.

대무영은 어제 오른손으로 그녀의 음부를 만졌으며 손에 흠뻑 묻은 애액을 보여주기까지 했었다.

그런데 어제 하루 종일 씻지도 않았다면서 그 손으로 요리를 잘도 집어먹고 게다가 손가락에 묻은 국물을 쪽쪽 빨아대고 있는 것이다.

"아… 맛있다. 형수, 이거 더 없소?"

"앗!"

칼질을 하던 안수려는 그만 손가락을 베고 말았다.

아침 식사 후에 대무영과 안수려는 방에서 차를 마셨다.

이미 엎질러진 물이니까 대무영은 어제 하던 얘기를 마저 끝내야겠다고 생각했다.

"형수, 두 가지 방법 중에 하나를 골라보시오."

밑도 끝도 없는 말에 안수려는 의아한 표정을 지었으나 곧 어제 하던 얘기라는 사실을 깨달았다.

대무영은 마주 앉은 안수려에게 손가락 하나를 세워보였다. 아까 요리를 맨손으로 집어먹던 그 손가락이라서 안수려는 살짝 얼굴을 붉혔다.

"첫째. 충분한 돈을 줄 테니까 경치 좋은 곳에 장원이라도 지어서 재혼을 하고 아이들과 함께 여생을 편하게 보내는 것이오."

안수려는 눈을 동그랗게 뜨며 놀랐다. 재혼이라는 말은 차치하고서라도 도대체 얼마나 많은 돈을 주려고 하기에 장원까지 지으라는 것인지 몰랐다.

"둘째는 나를 따라가는 것이오."

안수려는 반짝 눈을 빛냈다.

“무슨 뜻인가요?”

“내가 찾아낸 무릉도원 같은 곳이 있는데 중원에서 매우 멀리 떨어져 있소. 그곳에 내 가족과 일가친척, 그리고 나를 따르는 사람들이 모두 함께 살고 있소. 형수도 그곳에서 같이 살자는 뜻이오.”

“두 번째로 하겠어요.”

안수려는 더 이상 생각해 볼 것도 없다는 듯 단호하게 대답했다.

“잘 생각했소. 결코 후회하지 않을 것이오.”

대무영은 차를 한 모금 마시고 나서 말을 이었다.

“무 형이나 임 형 등 다른 친구의 부인들에게도 이 얘기를 해보시오. 그녀들이 원하는 대로 해주겠소.”

“알겠어요.”

어제 그 난리를 피우던 것에 비하면 결론은 싱거울 정도로 간단하게 나버렸다.

깊은 밤. 대무영은 온천 옆 동굴 속에서 운공조식을 하고 있는 중이다.

나운정이 가르쳐 준 심법은 천무천인의 것이겠지만 대무영은 심법의 이름조차 모르고 있다.

그가 소매곡에 온 지 오늘로 이십 일째다. 그동안 심법을 줄기차게 운공조식하여 탁월한 효과를 보았다.

내상이 완벽하게 치유된 것은 물론이고 공력 면에서도 진일보한 것 같았다.

이 심법은 오결까지 있다는데, 그는 심법을 처음 배웠을 때부터 지금껏 줄곧 삼결까지만 운공조식 했었다. 그래도 충분했기 때문이다.

그런데 사흘 전부터는 사결을, 그리고 오늘은 오결을 운공조식하고 있다.

사결과 오결은 하나로 이어졌다. 사결은 전반부이고 오결은 후반부다.

사실 사흘 전까지만 해도 대무영은 사결과 오결이 무엇인지 아무것도 몰랐었다.

아니, 지금까지도 사결과 오결이 무엇을 위한 운공조식인지 정확하게 모르고 있다.

다만 사결과 오결을 운공조식하면 체내에 있는 모든 공력이 하나로 단단하게 응집되고 있는 느낌이 들었다.

하지만 거기까지뿐이다. 그 다음에 무슨 현상이 벌어질지 지금으로썬 짐작조차 하지 못한다.

*   *   *

동릉현에 주루를 알아보러 갔던 세 사람 중에서 소매전사 한 명이 소매곡으로 돌아왔다. 그런데 그는 혼자 돌아온 것이 아니다.

그는 동릉현에 갔다가 곧장 유계구로 가서 대무영의 가족을 만났다.

대무영에 대한 좋지 않은 갖가지 소식을 듣고 절망에 빠져 있던 가족은 그가 소매곡에 있다는 말을 듣고 그대로 있을 수가 없어서 떼거리로 몰려왔다.

소매전사는 무영검을 보여주고 서찰을 전해준 다음 돈을 받아서 돌아오라는 지시만 받았었기 때문에 대무영 가족이 소매곡으로 몰려오려고 하자 난감하기 짝이 없었다.

그런데 대무영의 의형 백당이 소매전사의 목을 비틀어 죽이려 하고 다른 가족들도 으르고 협박을 하든가 눈물을 흘리며 통사정을 하는 바람에 하는 수 없이 소매곡으로 데려와야만 했다.

그러나 만약 이들이 대무영의 가족이 아니었다면 소매전사는 무슨 일이 있어도 이들을 소매곡으로 데리고 오지 않았을 것이다.

소매곡에는 비밀이 없다. 그래서 대무영의 가족이 도착했다는 소식이 삽시간에 마을에 퍼졌고 마을 사람 전체가 쏟아져 나와 구경했다.

정상적인 방법으로 소매곡에 들어오는 길은 두 갈래다. 황산 동쪽의 관도로 오다가 신안강 상류 둑길을 따라서 내려오는 것과, 동남쪽 신안강 하류가 합쳐지는 전당강의 절강성에서 오면 마차나 수레가 다닐 수 있는 좁지만 평탄한 관도를 따라서 진입한다.

대무영의 가족은 황산을 넘어 신안강 상류에서 둑길을 따라 내려왔다.

“와아…….”

“오오…….”

대무영이 누구인지 잘 알고 있는 마을 사람들은 그의 가족이 과연 어떤 사람들일까 잔뜩 궁금하게 여기다가, 이윽고 가족이 탄 여러 필의 말이 마을로 들어와 멈추고 말에서 사람들이 내려서 걸어 들어오자 여기저기에서 일제히 탄성이 터져 나왔다.

금마절도 백당과 북설이 위풍당당하게 앞장서서 걸어오고, 그 뒤를 해란화와 도해, 서가와 파로가, 그리고 맨 뒤에 무영단원들이 따랐다.

당연히 마을 사람들의 시선은 해란화와 도해, 서가, 파로 네 여자에게 집중되었다.

이삼 년 전까지 천하제일미로 불리던 해란화와 현재의 천하제일미를 다투는 서가와 파로까지 세 명의 선녀에게서는 찬란한 광휘가 뿜어지는 것 같았다.

도해의 미모도 세 여자에 결코 뒤지지 않았다. 그녀는 엄격한 가문의 규칙 때문에 강호에서 활동을 최대한 자제하고 있었기에 망정이지 만약 자유롭게 강호를 활보했다면 쟁쟁한 미명을 얻었을 것이다.

북설의 미모도 내로라 할 만하지만 워낙 키가 크고 당당한 체구에 표정까지 살벌하기 때문에 마을 사람들 눈에 들어오지 않았다.

또한 그녀 역시 그런 것은 조금도 개의치 않았다. 만약 사람들이 그녀더러 미모가 어쩌고저쩌고 말을 했다면 잡아먹으려고 했을 것이다.

그동안 친해진 해란화와 도해, 서가, 파로는 최고급 비단채의를 입고 나란히 서서 다정하게 손을 잡고 있어서, 그 모습이 선녀보다 아름답고 신비로웠다.

백당과 일행이 걸음을 멈추자 마을 사람들은 크게 겹겹이 원을 형성한 채 둘러서서 네 명의 미녀를 구경하느라 정신이 없었다.

반면에 백당과 일행은 주위를 둘러보면서 대무영을 찾느라 여념이 없다. 금방이라도 구경꾼들 틈에서 그가 웃으면서 걸어 나올 것만 같았다.

안수려는 대무영의 가족이 도착했다는 소식을 듣고 부랴
부랴 달려와서 구경하고 있는 마을 사람들 맨 앞쪽에 자리를
잡고 있었다.

그녀의 시선은 온통 해란화 등 네 여자에게 이리저리 옮겨
다니면서 떠날 줄을 몰랐다.

사실 안수려는 소매곡에서 첫손가락에 꼽히는 미녀다. 하
지만 저기 있는 네 여자가 태양이라면 자신은 촛불에 불과하
다는 초라함이 느껴졌다.

안수려는 며칠 전에 대무영이 자신에게는 혼인을 할 여자
가 일곱 명이나 있다고 말했을 때 크게 놀랐었다.

하지만 대무영의 인물이 보통 수준이기 때문에 그의 여자
들도 그저 평범한 용모이겠거니 여겼었다.

그런데 설마 이 정도일 줄은 몰랐다. 안수려는 태어나서 저
토록 아름다운 여자들을 처음 보았다. 아니, 사람이든 사물이
든 간에 저렇게 아름다운 피조물을 보는 것은 난생처음이다.

마을 사람들은 선녀처럼 아름다운 네 여자가 누군지, 대무
영하고 어떤 관계인지 모르지만 안수려는 그녀들이 대무영의
부인이 될 여자라고 짐작하고 있다.

그렇게 생각하면 며칠 전에 대무영이 안수려에게 파렴치
한 짓을 했던 것은 정말로 어떤 흑심이 있기 때문이 아닌 것

이 분명했다.

어떤 얼빠진 놈이 저토록 아름다운 여자들을 놔두고 안수려 같은 그것도 애가 둘이나 딸리고 나이가 삼십오 세나 되는 여자를 탐내겠는가.

어찌 보면 대무영이 그녀에게 한 짓은 일종의 자비를 베풀었다고 할 수도 있다.

그때 에워싸고 있던 마을 사람들의 한쪽이 파도처럼 갈라지면서 그 사이로 막사군과 측근들이 총총한 걸음으로 급히 들어섰다.

막사군은 대무영의 가족하고 함께 왔다는 소매전사의 보고를 듣는 즉시 부랴부랴 달려오는 길이다.

마을 사람들이 큰 원을 형성하고 있는 안쪽에서 두 무리가 마주섰다.

막사군은 선두에 서 있는 당당한 풍채와 강인한 연륜이 풍기는 백당을 발견하고는 필경 그가 대무영의 의형일 것이라고 직감하여 그 앞으로 걸어가 정중히 포권을 하며 허리를 굽혔다.

“어서 오십시오. 먼 길에 노고가 많으셨습니다. 저는 이곳 휴계촌의 촌장인 막사군입니다.”

소매곡이지만 그는 표면적으로 알려져 있는 휴계촌이라는 지명을 사용했다.

백당은 가볍게 고개를 끄떡이고는 조용하면서도 묵직한 목소리로 물었다.

"무영 아우는 어디에 있는가?"

"그는……."

막사군은 공손히 대답하다가 문득 백당의 오른쪽 어깨에 메어져 있는 그의 애도인 금마도를 발견하고 자신도 모르게 움찔 몸을 떨었다.

'금마도!'

그는 금마도를 실제로 본 적은 없다. 하지만 강호에서 밥술이나 먹었다는 사람치고 금마도의 특징을 모르는 사람은 거의 없을 것이다.

백당의 오른쪽 어깨 위로 불쑥 솟은 손잡이, 즉 도파만 보일 뿐이지만, 강호에서 도파가 붉은 아수라 형상인 도는 오직 한 자루뿐이다. 그것이 바로 금마도다.

'꿀꺽! 맙소사… 금마절도라니…….'

막사군은 얼마나 놀라고 긴장했는지 방금 백당이 뭐라고 물어봤는지도 잊어버린 채 눈을 커다랗게 부릅뜬 채 마른침을 삼켰다.

설마 대무영의 의형이 쟁천십이류 두 번째 등급이며 강호에 단 세 명뿐이라는 절대 금마절도일 줄은 꿈에도 상상하지 못했었다.

“내 말 못 들었나?”

결국 백당은 우렁우렁한 목소리로 막사군을 꾸짖었다.

“아! 무… 영 아우는 지금 폐관 중입니다…….”

막사군이 화들짝 놀라서 대답을 하자 백당의 굵은 눈썹이 슬쩍 찌푸려졌다.

“지금 무영 아우라고 했나?”

“그… 렇습니다.”

대무영의 의형이기 때문에 그를 무영 아우라고 부르는 것은 당연한데도 막사군은 간이 콩알처럼 오그라들어서 전전긍긍했다.

“이놈이 감히!”

콱!

백당이 눈을 부릅뜨는 순간 막사군은 본능적으로 위험을 느꼈으나 어떻게 피할 새도 없이 그의 멱살이 백당의 커다란 손에 움켜잡혀 버렸다.

“끅…….”

차차창!

백당이 팔을 들어 올리자 막사군은 두 발이 허공에 떠서 대롱거렸고, 뒤쪽에 있던 측근들이 일제히 검을 뽑는 것과 동시에 백당을 공격해 갔다.

“머… 멈춰랏!”

막사군은 목이 조여서 얼굴이 시뻘겋게 변하여 고통스러운 중에도 급히 측근들을 제지했다.

그때 어디선가 낭랑한 웃음소리가 들렸다.

"하하하하! 큰형님께선 어째서 둘째 형님을 혼내고 계시는 겁니까?"

모두의 시선이 웃음소리가 들려온 방향으로 향했다. 그중에 백당 일행과 막사군 등 몇몇은 방금 들린 목소리가 누군지 알고 기쁜 표정을 지었다.

상류 쪽 원을 형성하고 있는 사람들이 양쪽으로 파도처럼 갈라지고 그 사이로 대무영이 천천히 걸어 내려왔다.

수염을 덥수룩하게 기르고, 안수려에게서 평락의 평범한 옷을 한 벌 얻어 입었으며, 어깨에는 천지검을 멘 소탈하기 짝이 없는 모습의 그는 환하게 미소 짓고 있었다.

그 순간 모든 게 정지한 가운데 대무영 혼자만 천천히 걷고 있었다.

백당 일행은 대무영이 죽었다는 소문을 개방으로부터 줄기차게 들어서 완전히 절망에 빠져 있었는데, 이제 이곳에서 그의 건강한 모습을 보게 되자 이게 꿈인지 생시인지 그 자리에 얼어붙어 눈물을 글썽일 뿐이다.

"어헝! 무영아!"

잠깐 사이에 대무영하고 깊은 정이 들었던 백당은 움켜잡고 있던 막사군을 팽개치며 그에게 달려갔다.

"큭!"

그러나 백당은 갑자기 상체가 뒤로 확 젖혀지면서 목 졸리는 신음 소리를 터뜨렸다.

"순서를 지켜야지."

북설이 그의 뒷덜미를 사정없이 잡아챈 것이다.

해란화와 도해, 서가, 파로는 비 오듯이 눈물을 흘리면서 더없이 반갑고 기쁜 표정으로 대무영에게 다가들었다.

하지만 도해와 서가, 파로는 선뜻 다가가지 않고 최초의 해후를 해란화에게 양보했다.

극소수를 제외한 대부분의 사람은 대무영과 그녀들의 관계를 모르기 때문에 눈도 깜빡이지 않고 마른침을 삼키면서 지켜보았다.

해란화는 도해 등이 대무영과의 만남을 자신에게 양보했다는 사실도 모른다.

그녀의 눈에는 오직 대무영만 보일 뿐이다. 낙양 낙수천화에 대무영과 함께 있을 때에는 매일 그를 보고 또 만날 줄 알았었는데, 헤어짐이 이렇게 길 줄은 정녕 몰랐었다. 햇수로 이 년 만에 그를 만난 것이다.

얼마 전 난마에게서 구함을 받았을 적에는 줄곧 쫓기는 와중이라서 그와 변변한 눈인사조차 나누지 못했으니 이것이 정식 만남이라고 할 수 있다.

　대무영은 아무 말도 하지 않았다. 그래도 그가 하고 싶은 말이 고스란히 해란화에게 전해졌다.

　그가 다가가서 따스한 미소를 지으며 두 팔을 벌리자 해란화는 흡사 폭포처럼 눈물을 흘리며 그의 가슴에 쓰러지듯이 안겼다.

　"아……."

　그 순간 두 사람을 둘러싼 모든 사람의 입에서 나직한 탄성이 흘러나왔다.

　지금 눈앞에서 벌어지고 있는 광경에 대해서 누가 설명하지 않았어도, 모두들 어떤 상황인지 대충 짐작하고 마치 자신의 일인 양 흐뭇한 표정을 지었다.

　대무영은 자신에 비해서 절반도 되지 않는 작고 가녀린 체구의 해란화를 두 팔로 힘주어서 자신의 몸속으로 우겨 넣을 듯이 꼭 끌어안았다.

　해란화는 너무나 행복해서 걷잡을 수 없이 눈물이 흘러나왔다. 그리고 말은 못하지만 마음속으로 대무영을 부르며 자신의 사랑하는 마음을 전했다.

　"여보, 사랑해요."

　순간 해란화는 화들짝 놀라서 몸이 굳어졌다. 그녀는 말을 하지 못하기 때문에 그저 입술만 달싹거렸을 뿐인데 말이 되어 입 밖으로 나와버린 것이다.

그녀는 대무영의 가슴에서 살짝 떨어지며 놀란 얼굴로 대무영을 말끄러미 올려다보았다.

지독히도 아름다운 그녀가 눈물을 흘리면서 놀라는 표정을 짓고 있는 자태는 정말이지 바라보는 것만으로도 몸이 녹아버릴 지경이다.

대무영은 빙그레 엷은 미소를 지었다.

"난화, 나도 사랑해."

"어… 떻게 된 거죠?"

이번에도 입술을 달싹거렸는데 또다시 말이 흘러나왔다.

대무영은 빙그레 웃었다.

"말을 하게 되니까 여보 소리도 듣게 되는군."

"몰라요……."

해란화는 너무 부끄러워서 얼른 그의 가슴에 얼굴을 묻었다. 그리고 그녀는 대무영이 자신을 말하게 해주었다는 사실을 깨달았다.

그 말고는 그럴 사람이 없다. 어떤 수법을 사용했는지는 알 필요도 없다.

말을 하게 되었다는 것, 그리고 지금 이렇게 그의 품에 안겨 있다는 사실만이 중요할 뿐이다.

사실 대무영은 해란화를 보는 순간 청삼족오의 기운으로

그녀를 고쳐 봐야겠다고 생각했었다.

그동안 줄곧 운공조식을 해서 청, 적삼족오의 기운이 훨씬 정심해졌으므로 어쩌면 고칠 수도 있을 것이라는 자신감이 생겼다.

적사파울이 해란화에게 무슨 수법을 전개해서 말을 하지 못하게 만들었는지는 모른다.

그렇더라도 청삼족오의 기운은 그녀의 체내로 주입되어 말을 할 수 있는 구조를 근원적으로 치료하기 때문에 무슨 수법을 사용했는지에 대해서는 몰라도 상관이 없다.

그래서 그는 해란화를 안았을 때 청삼족오의 기운을 주입했었는데 과연 그의 자신감대로 단번에 치료되었던 것이다.

"난화, 조장한테 너무 오래 붙어 있는다는 생각이 들지 않느냐, 너?"

그때 갑자기 뒤에서 북설의 점잖게 꾸짖는 목소리가 들려서 해란화는 대무영에 가슴에서 얼굴을 떼고 뒤돌아보다가 깜짝 놀랐다.

도해와 서가, 파로, 그리고 그 뒤에는 백당과 무영단원들이 자기 순서가 오기를 목이 빠지게 기다리고 있는 것을 발견했기 때문이다.

"미안해요."

해란화가 아쉬운 듯 대무영의 품에서 빠져나오자 기다렸

다는 듯이 도해와 서가가 그에게 달려들었다.

"영랑! 보고 싶었어요!"

"꺄악! 영랑! 싸랑한다!"

원래 솔직하고 저돌적인 도해와 서가는 대무영에게 달려 들어 안기면서 입맞춤을 하고 몸을 더듬고 얼굴을 쓰다듬으 며 난리를 피웠다.

그러나 숫기 없는 파로는 그녀들 뒤에 서서 눈물만 흘리고 있을 뿐이다.

"하하하! 인석들 그동안 궁둥이가 실해졌나 보자!"

대무영은 껄껄 웃으면서 그녀들을 한꺼번에 쓸어안은 상 태에서 두 손으로 각자의 둔부를 쓰다듬고 주물렀다.

문득 그는 눈물을 흘리고 있는 파로를 발견하고는 도해와 서가를 떼어내고 그녀에게 성큼 다가갔다.

"흑!"

파로는 대무영이 다가오는 것을 보고 화들짝 놀라 심장이 콩알처럼 작아졌다.

"로야, 너는 여전히 부끄러움을 많이 타는구나."

"아……."

대무영이 두 팔을 벌려 가슴에 포근히 안자 파로는 바르르 몸을 떨었다.

"잘 있었느냐?"

“네…….”

파로는 그의 품에서 자꾸만 작게 안겨 들며 겨우 대답했다.

“험! 험! 무영아!”

백당이 못 참고 옆에 와서 헛기침을 하자 파로는 깜짝 놀라 급히 대무영의 품에서 벗어났다.

“허허허! 우형은 네가 살아 있을 줄 알았다.”

백당은 두 팔을 활짝 벌려서 대무영을 안으려고 하며 흡족하게 웃었다.

툭!

“아직 당신 차례 아냐.”

“어?”

그러나 북설이 어깨로 백당을 세게 밀치면서 그 자리에 끼어들었다.

예전부터 북설이 백당의 천적처럼 굴기는 했어도 이 정도까지는 아니었다.

그렇지만 백당은 밀려나서도 화를 내기는커녕 빙그레 미소만 짓고 있다.

“조장, 오랜만이야.”

“그래, 별일 없었지?”

대무영이 어깨를 가볍게 두드리자 북설은 슬쩍 인상을 썼다.

“나는 안 안아줘?”

“어… 그야 뭐.”

대무영은 팔을 벌려 그녀의 어깨를 잡고 가볍게 끌어당겼
다.

슥―

“됐어. 더럽게 어색하네.”

북설은 손으로 대무영의 가슴을 밀어내고 슬쩍 옆으로 비
켜섰다.

그 다음에는 백당, 그리고 무영단원들이 차례로 대무영과
재회를 했다.

한바탕 재회가 끝난 후에 막사군은 대무영과 그의 가족을
자신의 거처로 안내했다.

第百四章
콩가루

막사군의 거처 안에는 서둘러서 만든 요리와 술이 제법 거하게 차려졌고 그 주위에 대무영과 가족들, 그리고 막사군이 둘러앉았다.

막사군의 거처에는 원래 큰 탁자가 없고 앉은뱅이 탁자만 몇 개 있는데 그것들을 길게 붙여서 요리를 차려놓고 모두들 바닥에 앉은 광경이다.

대무영 양옆과 주위에는 해란화 등 네 여자와 백당이 앉았고, 막사군은 낄 틈이 없어 맞은편에 앉았다. 그리고 그의 좌우에 무영단원들이 앉아 있다.

"형님."

술자리가 시작되기 전에 대무영은 할 일이 있다. 백당과 막사군을 소개하는 것이다. 그가 친근하게 부르자 백당은 흐뭇하게 미소 지었다.

"왜 그러느냐?"

"형님께 둘째 형님을 소개하겠습니다."

그 말이 끝나자마자 막사군은 바닥을 박차고 벌떡 일어났다.

"소제 막사군의 절을 받으십시오! 형님!"

막사군은 공손히 다섯 번 절하고 나서 무릎을 꿇고 백당에게 술잔을 올렸다.

백당은 단숨에 술잔을 비우고 나서 빈 잔에 술을 넘치게 따라서 막사군에게 내밀었다.

"무영이 의형으로 삼았다면 무조건 자네를 신뢰한다."

"감사합니다, 형님."

막사군은 잔을 받아 단숨에 마시고 나서 자리를 잡고 앉아 백당을 보면서 놀란 표정으로 혀를 내둘렀다.

"형님께서 금마절도이실 줄은 꿈에도 몰랐습니다."

백당은 허허 사람 좋게 미소 지었다.

"나도 무영이 의형으로 삼은 사람이 쾌검신(快劍神)이라는 사실을 알고 놀랐네."

쾌검신이라는 말에 북설과 진복, 이반, 주고후 등이 화들짝 놀랐다.

하지만 대무영은 쾌검신이라는 별호를 처음 듣는 터라 의아한 표정을 지었다.

이반이 대무영에게 설명해 주었다.

“강호에서 가장 빠른 검법을 전개하는 인물이 쾌검신입니다. 쟁천십이류 세 번째인 신위인 그를 이런 곳에서 만나게 될 줄은 몰랐습니다.”

막사군은 쓸쓸한 미소를 지으며 대무영에게 말했다.

“사부를 잃은 후에 스스로 쟁천십이류 신위를 버리고 이곳에 들어온 걸세.”

“그랬었군요.”

대무영은 고개를 끄떡였다.

“그런데 둘째 형님의 사부께서는 누구에게 당하신 겁니까?”

막사군의 얼굴이 착잡하게 일그러졌다.

“천무천인이야.”

“아…….”

뜻밖의 대답에 대무영을 비롯한 모두들 적잖이 놀랐다.

백당이 의아한 표정으로 물었다.

“자네 사부가 누구신가?”

"무적검절(無敵劍絶)입니다."

"뭐어?"

백당은 크게 놀라 벌떡 일어났다가 다시 앉았다.

"무적검절 명천운(明天運)이 자네 사부였다니……."

"형님께선 사부님을 아십니까?"

막사군이 조심스레 묻자 백당은 눈을 반개하고 회상에 잠긴 듯한 표정이 됐다.

"딱 한 번 만난 적이 있었네."

막사군은 반가운 표정을 지었다.

"그렇습니까? 언제 어디에서 만나셨습니까?"

"아마 이십여 년 전쯤이었지. 그 당시에 나는 쟁천십이류 신위였던 시절이었네. 무적검절을 찾아갔던 목적은 그를 꺾어서 절대가 되려는 것이었어."

"그랬었군요."

백당은 껄껄 웃었다.

"허허헛! 그러나 무적검절은 정신없이 바빠서 나와 싸울 겨를이 없었네."

"바쁘다고 싸울 겨를이 없다는 게 말이 됩니까?"

이번에는 대무영이 어이없다는 얼굴로 참견을 했다.

"그는 분명히 나하고 싸울 겨를이 없었네. 왜냐하면 그 당시 황하가 범람하여 수십만 명이 목숨을 잃고 집을 잃었는데 그는 사문의 제자들을 이끌고 물에 빠진 사람들을 구하는 한편 집을 잃은 사람들에게 새 집을 지어주고 또 무제한의 식량을 제공하여 도탄에 빠진 사람들을 구하느라 정신이 없었기 때문일세."

"아……."

백당은 흐뭇한 미소를 지었다.

"그는 강호인이 아니라 성인(聖人)이었네. 그를 꺾어서 절대가 되겠다고 찾아왔었던 나는 부끄러움을 견디지 못하고 도망치듯이 그곳을 떠났었네."

대무영은 존경 어린 표정을 지었다.

"그런 분이라면 소제도 꼭 한 번 만나 뵙고 싶은데 돌아가셨다니 안타깝군요."

막사군은 눈물을 글썽이며 설명했다.

"이십여 년 전 황하가 범람했을 때 소제와 사문의 모든 제자가 사부님을 따라 백성들을 구제하러 나갔었지요. 그 일만이 아니고 사부님께선 평소에도 가난하고 핍박받는 백성들을 위해서 많은 일을 하셨습니다."

"대체 천무천인이 무엇 때문에 그분을 죽였다는 말인가?"

"돈 때문입니다."

"돈?"

막사군은 씁쓸한 표정을 지었다.

"강호에는 거의 알려지지 않은 사실이지만… 사부님의 또 다른 별호는 천성대군(天聖大君)이셨습니다."

백당은 눈을 커다랗게 떴다.

"천하제일부호라는 천성대군 말인가?"

"그렇습니다."

모두들 놀란 표정으로 주시하는 가운데 막사군은 착잡하게 말을 이었다.

"그 당시의 천무천인은 쟁천십이류의 최고 등급인 천무였으나 그것은 단지 명성과 명예일 뿐이지 그의 수중에는 돈이 없었습니다. 명성이 쟁쟁하다고 해서 누가 돈을 갖다 바치는 것은 아니니까요."

"그건 그렇지."

막사군의 얘기는 이렇다. 어느 날 한 인물이 찾아와서 무적검절에게 도전을 했다.

그런데 그자는 복면을 했으며 무적검절에게 내기를 하자고 제의했다.

대결에서 승리하는 사람이 상대의 모든 것을 차지하자는 얼토당토않은 제안이었다.

그렇게 제의하면서 복면인은 두 자루의 고색창연한 검을 내놓았다. 그것이 자신의 모든 것이라고 했다.

그러나 검을 본 무적검절은 복면인의 제안을 두말 않고 흔쾌히 수락했다.

기실 그 검은 천하제일의 명검이라고 알려진 전설의 간장막야검(干將莫耶劍)이었던 것이다.

수천 년의 세월 동안 천하에는 수많은 명검이 출현했었으나 지금까지도 최고의 명검으로 손꼽는 것은 단연 간장검과 막야검이다.

그 옛날 오(五)나라의 대장장이 간장과 그의 부인 막야가 심혈을 기울여서 제조했다는 자웅(雌雄) 한 쌍의 검이 바로 간장막야검인 것이다.

무사가 가장 갖고 싶어 하는 것은 최고의 무기이며, 검사(劍士)가 꿈에서조차 갖고 싶어 하는 것은 천하의 명검이다. 그런데 그것이 한 쌍의 간장막야검이라면 어느 누군들 갖고 싶지 않겠는가.

자타가 공인하는 천하제일검 무적검절이기에 만고제일의 명검인 간장막야검이 더욱 갖고 싶어서 복면인의 제안을 흔쾌히 수락한 것이다.

무적검절은 간장막야검이 자신의 모든 재산보다 더 가치가 있다고 판단했다.

그는 또한 자신이 패하지 않을 것이라고 확신했다. 그는 천하에서 두 번째로 고강한 인물로 알려졌으나 그 자신은 천하제일인 천무천인과 싸워도 패하지 않을 것이라고 자부하고 있었다.

단지 그는 천무라는 등급에는 욕심이 없기 때문에 지금까지 천무천인과 대결하지 않았던 것이다.

그런데 싸움의 결과는 무적검절의 예상처럼 되지 않았다. 그는 이백여 초 만에 복면인에게 패하고 말았다.

치열한 대결이었지만 무적검절은 복면인의 상대가 되지 못했다.

그 싸움으로 무적검절은 말 그대로 모든 것을 잃고 말았다. 자신의 재산은 물론이고 목숨까지 잃은 것이다.

"그 복면인이 천무천인이라는 것을 어떻게 알았나?"

설명을 다 듣고 난 백당이 의아한 듯 물었다.

막사군은 비분강개한 표정으로 대답했다.

"지금 천무천인이 살고 있는 태산의 천성관은 예전에 제가 사부님을 모시고 무공을 연마했던 곳입니다."

막사군의 집은 방이 많지 않고 또 백당과 무영단원들이 머물게 된 터라서 대무영은 해란화와 도해, 서가, 파로를 이끌고 평락의 집으로 왔다.

탕탕탕……

대문을 두드리자 잠시 후에 안수려가 나와서 문을 열었다.

"아! 삼촌!"

그녀는 대무영이 올 것이라고는 전혀 예상하지 않았던 터라서 크게 놀랐다.

더구나 대무영 좌우에 서 있는 해란화 등을 보고는 몹시 당황해서 허둥거렸다.

"무… 슨 일이에요?"

"자러 왔소."

"들어오세요."

안수려는 머뭇거리면서 비켜섰다.

"술 있소?"

이미 거나하게 취한 대무영은 들어서자마자 술부터 찾았다.

안수려는 부랴부랴 간단한 요리를 만들어서 술과 함께 탁자에 차렸다.

"형수도 같이 듭시다."

대무영은 아이들 방으로 들어가려는 안수려를 불러서 탁자 앞에 앉혔다.

"술을 못 하오?"

"마실 줄은 알지만……."

안수려는 하나같이 절색의 미녀들 앞에서 자신의 모습이 너무 초라한 것 같아서 좌불안석이었다.

하지만 대무영은 그런 것은 아랑곳하지 않고 네 여자에게
안수려를 소개했다.

"모두 인사해라. 내가 매우 좋아하는 형수다."

네 여자는 일어나서 안수려를 향해 날아갈 듯이 큰 절을 올
렸다.

"언니를 뵈어요."

"아아… 저는……."

안수려는 크게 당황해서 어쩔 줄 몰랐다.

"언니. 여기 영랑 옆에 앉으세요."

"아… 저는 괜찮아요……."

도해가 한사코 사양하는 안수려의 손을 잡고 이끌어 대무
영 왼쪽에 앉혔다. 기실 그 자리는 도해의 자리인데 양보를
한 것이다.

안수려는 가시방석에 앉은 것처럼 안절부절못했다. 그녀
는 대무영 오른쪽에 앉은 해란화와 그녀 옆의 파로, 자신의
옆에 앉은 도해와 서가를 둘러보고는 자신이 마치 백합과 장
미꽃 사이에 핀 할미꽃 같다는 생각마저 들었다.

그렇지만 배주해원(杯酒解怨), 함께 술을 마시면 묵은 원한
도 풀어진다는 말이 있듯이, 한동안 술잔이 돌아가고 자의와
타의에 의해서 십여 잔쯤 술을 마신 안수려는 마음이 어느 정
도 풀어졌다.

대무영은 장차 안수려를 비롯한 다른 여섯 가족을 향격리 랍에 데려가서 살게 할 계획이기 때문에 우선 그녀와 해란화, 도해 등이 친해질 필요가 있다고 생각해서 이 자리를 마련했던 것이다.

"난화."

술이 거나하게 오른 대무영이 옆에 앉은 해란화의 어깨에 팔을 두르고 가볍게 끌어안으면서 불렀다.

"네."

"애초에 내가 사랑하는 사람은 난화뿐이었는데 어떻게 하다 보니까 이렇게 돼버렸다."

도해와 서가, 파로, 게다가 지금쯤 향격리랍으로 돌아갔을 유조와 소연까지 피치 못할 사정으로 여러 여자를 거느리게 되었다는 변명 아닌 변명이다.

도해가 뻔뻔한 얼굴로 고백했다.

"언니. 사실은 제가 영랑을 강간하다시피 했어요."

그녀는 먹음직스러운 요리를 대하듯이 대무영을 보면서 군침을 흘렸다.

"영랑이 얼마나 반항하고 앙탈을 부리든지… 헤헤……."

나이로는 도해가 해란화보다 네 살이나 많지만 일부인(一婦人)인 유조에 이어서 해란화가 이부인(二婦人), 소연이 삼부인(三婦人)이고 도해 자신은 사부인(四婦人)이기 때문에 자신보다 앞선 여자들을 언니로 모시는 것이다.

해란화가 유계구의 배에서 함께 머무는 동안 도해는 그녀에게 대무영의 여자들에 대해서 자세히 설명을 해주었다.

그리고 해란화는 거기에 대해서 모두 이해했다. 원래 그녀는 대무영을 진심으로 사랑하고 있었기 때문에 그가 백처 천첩을 거느린다고 해도 다 이해했을 것이다.

더구나 도해의 설명을 들어보니 대무영이 여자들을 만난 경위는 하나같이 깊은 사연이 있었거늘 해란화가 이해하지 못할 이유가 없었다.

해란화는 대무영 가슴에 뺨을 대고 눈을 감으며 고즈넉이 말했다.

"영랑께서 소녀를 잊지 않고 찾아주셨다는 것만으로도 감지덕지예요."

"무슨 소리. 나는 말이야, 다른 여자를 다 잃더라도 난화만은 절대로 잃을 수가 없다."

"어머?"

해란화는 도해와 서가, 파로가 있는 곳에서 대무영이 서슴없이 그런 말을 하자 깜짝 놀랐다.

술이 어느 정도 취한 안수려도 깜짝 놀라 옆에 앉은 대무영을 나무랐다.

"그녀들이 있는 곳에서 대놓고 그렇게 심한 말씀 하시는
거 아니에요, 삼촌."

"어… 그렇소?"

"그럼요."

대무영이 거침없는, 그리고 다분히 무식한 성격이라는 사
실을 웬만큼 알게 된 안수려는 고개를 끄떡이며 대무영을 곱
게 흘겼다.

그러나 도해는 오히려 생글생글 미소 지었다.

"아니, 우린 괜찮아요. 사실이 그런 걸요."

그녀는 술잔을 들어 빨간 혀로 핥으면서 덧붙였다.

"사실 저나 서가, 파로, 소연은 어쩔 수 없이 거두어진 여자
들이에요. 게다가 유조 언니는 영랑과 같은 왕족이기 때문에
맺어질 수밖에 없는 사이고요."

"왕족?"

대무영이 왕족이라는 말에 안수려는 깜짝 놀랐다. 그러나
도해가 계속 말하는 바람에 그녀의 말은 묻혀 버렸다.

"그러니까 우리를 모두 합친 것보다 영랑이 난화 언니를
훨씬 더 많이 사랑하는 것이 당연해요."

"어어… 그래도 너희 모두 사랑하고 있다."

"고마워요! 영랑!"

대무영의 말에 도해와 서가, 파로가 참새 새끼들처럼 합창

을 했다.

"그런데 말이야……."

대무영은 문득 생각나는 것이 있어서 왼팔로 안수려의 어깨를 안고 끌어당기면서 말을 이었다.

"내가 형수에게 큰 실수를 했는데… 읍!"

"그, 그만해요!"

안수려는 대무영이 무슨 말을 하려는지 알고 화들짝 놀라서 급히 손으로 그의 입을 막았다.

도해는 대무영이 안수려를 안고 있으며, 그녀가 대무영에게 안기다시피 한 자세로 입을 막고 있는 자세를 보고는 뭔가 집히는 게 있다는 듯 눈을 빛냈다.

"혹시 영랑, 형수하고도 같이 잔 거예요?"

도해는 기특하게도 대무영과 해란화를 위해서 신방을 차려주고 자신은 서가, 파로, 안수려와 함께 아이들 방에서 자기로 했다.

"아아……."

"헉헉… 난화… 사랑한다……."

꼭 닫은 문틈 사이로 뜨겁고도 거친 열기와 숨소리가 새어나왔다.

문밖 바닥에는 도해와 서가, 파로가 웅크리고 앉아서 방 안에서 흘러나오는 소리에 잔뜩 귀를 기울이고 있다.

"아니, 거기에서 뭐해요?"

그때 자다가 말고 밖으로 나간 세 여자를 찾으러 나온 안수려가 그녀들을 발견하고 의아한 표정을 지었다.

"쉿……."

도해는 조용히 하라는 시늉을 해보이고는 재빨리 다가와 안수려의 손을 잡더니 자기가 있던 자리로 이끌었다.

"아앗… 앗… 아아… 영랑……."

"헉헉헉… 난화… 최고다 난화… 좋다……."

안수려는 문틈으로 새어 나오는 소리가 무언지 깨닫고 얼굴이 확 붉어졌다.

"이건……."

도해는 개구쟁이 같은 얼굴에 흥미진진한 표정을 지었다.

"헤헤… 실감나죠?"

안수려는 얼굴이 화끈거려서 더 이상 있지 못하고 도해의 손을 뿌리치려고 했다.

"아! 끝났나 봐요. 길기도 하네."

그때 도해가 발딱 몸을 일으키며 탄성을 터뜨리더니 안수려를 돌아보면서 눈을 빛냈다.

"언니도 같이 들어갈래요?"

“들… 어가서 뭐 하게요?”

“뭘 하긴요? 난화 언니하고 끝났으니까 이젠 우리 다 함께 영랑하고 그걸 해야죠.”

“그거……”

안수려는 중얼거리다가 혼비백산했다. 다 함께 정사를 하자는 뜻을 알아차린 것이다.

그녀는 도해의 손을 뿌리치고 급히 뒷걸음질 쳐서 물러나면서 일전에 대무영이 했던 말이 전부 사실이라는 것을 깨달았다.

그녀가 물러나서 지켜보고 있는 가운데 도해와 서가, 파로는 방문을 열고 환호성을 지르며 달려 들어갔다.

안수려는 얼굴이 새빨개져서 중얼거렸다.

“짐승들……”

*　　*　　*

마침내 대무영은 놀랍고도 커다란 사실을 깨달았다.

나운정이 가르쳐 준 심법의 사결과 오결이 무엇인지를 깨달았을 뿐만 아니라 동시에 그것을 완성한 것이다.

사결과 오결에 대해서 누가 사전에 미리 설명을 해주지 않는 한, 그것은 극성까지 완성을 해야지만 무엇인지 알 수가 있었다.

그는 해란화 등이 소매곡을 떠난 이후 지난 석 달 동안 이곳 동굴 속에서 심법의 사결과 오결을 연마하느라 매두몰신(埋頭沒身)했었다.

그 결과 석 달이 지난 오늘 늦은 오후에 기어코 그것을 완성해 낸 것이다.

그는 천천히 동굴에서 걸어 나왔다. 걷고는 있는데 두 발이 바닥에 전혀 닿지 않았고 한 걸음에 이 장씩 쑥쑥 미끄러지듯이 앞으로 전진을 했다.

그것은 석 달 전에는 없었던 변화다. 그러나 그것만이 아니다. 그의 모습은 온몸에서 은은한 서광이 흩뿌려지는 듯 신비스러웠다.

사결과 오결의 완성은 비단 하나의 놀라운 절세무학을 이룬 것만이 아니라 그의 무공 전체를 더 이상 오를 수 없는 경지에 올려놓았다.

그는 오로지 사결과 오결을 완성하여 하나의 무공을 탄생시키려는 일념이었으나 결과적으로 다른 것들이 선물 보따리처럼 따라와 준 것이다.

말하자면 사결과 오결을 연마하는 과정에 모든 강호인이 꿈에서조차 이루기를 원하는 생사현관(生死玄關)의 타동이나 환골탈태(換骨奪胎)를 그 자신도 모르는 사이에 이루게 되었던 것이다.

대무영은 산속으로 깊숙이 들어와서 주위를 두리번거리다가 어느 적당한 장소에서 멈추었다.

계곡 깊숙한 아래쪽인데 거대한 크기의 바위들이 여기저기 지천으로 널려 있었다.

그가 멈춘 곳 전면 오 장 거리에는 평락의 집 서너 배만 한 크기의 거대한 바위가 우뚝 서 있다.

지금 그는 자신이 동굴 속에서 석 달 동안 각심혈성 끝에 이룬 무공을 시험해 보려고 한다.

사실 이 순간까지도 그는 그것이 무엇인지 정확하게는 모르고 있다.

다만 그것이 몸 밖으로 발출할 수 있는 어떤 응집체(凝集體)라고 생각했다.

그가 지난 석 달 동안 줄곧 한 일은 체내에 있는 네 가지 기운, 즉 나운정이 준 내공기와 자신의 외공기, 그리고 청, 적삼 족오의 기운을 한 덩이로 작게 더 작게 꽉꽉 뭉치는 것이었다.

사결과 오결의 내용이 그런 것으로써 사실 그것은 체내의 내공을 극도로 연단(鍊鍛)시키는 일이었다.

달리 설명하자면, 원래 대무영 체내에 있던 여러 기운은 그저 흔한 쇠붙이에 불과했었다고 말할 수 있다.

그것을 두루뭉술하게 다 합쳐서 녹였다가 쇠가 굳는 과정에 수없이 두들겨서 강하게 만드는 과정을 수천 번이나 반복했던 것이다.

그러는 동안 평범했던 무쇠나 쇠붙이는 점차 강해졌으며 마침내 그 무엇으로도 파괴되지 않는 쇠 이상의 그 무엇으로 재탄생하게 된 것이다.

그래서 지금 그는 수천 번이나 연단하여 완성한 그것을 밖으로 발출하여 그 결과가 어떤지 보고 싶었다.

결과를 보기 전에는 현재로썬 그것이 무엇인지도 알 수 없고, 싸움에서 사용할 수 있는 것인지는 더욱 분명하지 않은 상황이었다.

만약 그게 아무것도 아니었다면, 그저 운공조식으로 공력만 강건하게 만드는 것이었다면 그는 지난 석 달 동안 헛수고를 한 셈이다.

아니, 헛수고라고는 할 수 없다. 그로 인해서 그 자신의 심신이 많이 좋아지고 체내의 여러 기운을 정화시켰기 때문에 헛수고를 했다고는 할 수 없다. 하지만 실망스러운 것은 분명하다.

그는 오 장 전면의 바위를 향해 마주서서 두 발을 약간 넓게 벌리고 어깨를 활짝 폈다.

　이어서 전면의 바위를 향해 오른손을 들어 올렸다가 힘차게 뻗었다.

　사결과 오결의 완성으로 그의 체내에는 언제나 네 가지 기운이 최고조로 응집되어 있는 상태이기 때문에 발출하기 위해서 달리 할 일은 없다.

　또한 지금처럼 손을 뻗는 따위의 동작조차도 취할 필요까지는 없다.

　그저 어떻게 하겠다고 마음을 먹기만 응집된 기운이 몸 어느 곳으로나 발출될 터이다.

　그렇지만 그는 그것을 최초로 발출하는 순간이기 때문에 제대로 하고 싶어서 동작을 취한 것이다.

　그런데 이상한, 아니, 한심스러운 결과가 드러났다. 바위를 향해서 힘껏 뻗은 그의 장심에서는 아무것도 발출되지 않은 것이다.

　그렇기 때문에 어떤 기운이 바위에 적중되는 음향도 나지 않았으며, 그 결과 바위는 아무 일도 일어나지 않은 것이 당연했다.

　"뭐야 이건……."

　그는 크게 실망하는 표정으로 자신의 손바닥을 펼쳐서 들여다보았다.

　방금 전에 분명히 체내에서 최고조로 응집된 기운이 장심

을 통해서 뿜어지는 미약한 느낌이 있었는데 아무런 일도 벌
어지지 않다니 이상했다.

그는 손을 내리고 바위를 쳐다보았다. 바위는 여전히 아무
일 없이 건재하게 서 있었다.

그러나 문득 바위를 주시하던 그의 눈이 가볍게 빛났고, 다
음 순간 그는 어느새 바위 앞에 이르러 있었다.

전설의 축지성촌이 발휘되어 그가 마음을 먹는 즉시 몸이
움직여져서 바위 앞에 도달한 것이다. 바로 이런 것들이 그가
심법의 사결과 오결을 연마하는 과정에 부수적으로 이룬 것
들이다.

그는 방금 바위에서 뭔가 이상한 점을 발견했다. 거대한 바
위의 아랫부분, 즉 그의 가슴 높이 정도에 바위의 전체적인
모습과는 조금 다른 어떤 흔적을 발견한 것이다.

바위를 살피던 그의 입가에 흐릿한 미소가 버졌다. 그리고
는 인위적으로 가벼운 경풍을 일으켜서 자신이 주시하고 있
는 부분을 향해 슬쩍 날렸다.

푸스…….

그러자 바위의 그의 가슴 높이에서 돌가루가 스러져 내리
더니 곧 사람 머리 하나 크기의 구멍이 뻥 뚫렸다. 바위의 두
께는 무려 삼 장이나 됐는데 반대편까지 완전히 관통돼 버린
것이다.

쩌어… 퍼어…….

그때 바위에서 기음이 흐르는가 싶더니 그대로 가루가 되어 무너져 내렸다.

대무영이 어느새 오 장쯤 물러난 허공에서 지켜보고 있는 가운데 집채 서너 배 크기의 거대한 바위는 사라지고 그 자리에 돌가루만 수북하게 쌓여졌다.

"굉장하다……."

깃털처럼 땅에 내려서면서 그는 감탄을 금치 못했다. 그리고 그 순간 그는 자신이 방금 전개한 수법이 어떤 것과 매우 닮았다는 사실이 떠올랐다.

그 자신이 천무천인에게 두 번씩이나 적중당해서 사경을 헤맸었던 천인강이다. 물론 그는 그것의 이름이 천인강이라는 것을 모르고 있다.

"그렇군. 이것은 신공(神功)이었어."

그는 비로소 깨달았다. 나운정이 가르쳐 준 심법의 일결에서 삼결까지는 순수한 심법구결이고, 사결과 오결은 신공을 이루는 신공구결이었던 것이다.

그것이 누구의 어떤 무공이든 그는 개의치 않았다. 중요한 것은 놀라운 신공을 터득했다는 것이고 그로 인해서 자신이 매우 강해졌다는 사실이다.

그는 주위를 두리번거리다가 마땅한 바위를 발견하고 몇

차례에 걸쳐서 더 시험을 해보았다.

결과는 같았다. 장심에서 무음무형의 기운이 발출되어 거대한 바위를 아예 가루로 만들어 버리기를 반복했다.

그는 아주 신바람이 났다. 절세적인 신공을 완성하고 생사현관의 타동과 환골탈태를 했다고 해서 심성이 바뀌는 것은 아니다.

그는 너무 좋아서 여기저기 돌아다니면서 눈에 띄는 바위를 닥치는 대로 모조리 가루로 만들어 버렸다.

그리고는 오래지 않아서 그는 계곡 안에 있던 수백 개의 바위를 전부 가루로 만들었다.

이제 계곡에는 바위가 하나도 남아 있지 않고 마치 바닷가의 백사장처럼 돌가루와 모래만 수북하게 깔렸다.

마지막 바위를 가루로 만들고 나서 대무영은 또 하나의 중요한 사실을 깨달았다.

'이것은 기력이 고갈되지도 않는다. 굉장하다.'

예전에는 짓뭉개기를 한 번 전개하면 최소한 일각 동안은 완전히 탈진한 상태에서 쓰러져 있어야만 했었다.

그런데 이것은 이미 수백 차례를 연속적으로 전개했는데도 처음이나 조금도 다르지 않았다. 지금부터 수백 차례 더 전개해도 끄떡없을 정도다.

'그런데 이걸 얼마나 먼 곳까지 그리고 얼마나 빠르게 날릴 수 있는 거지?'

그런 궁금증이 생겼다. 위력은 충분히 입증됐는데 과연 얼마나 먼 곳의 목표물까지 적중시킬 수 있는지, 또한 속도가 얼마나 빠른지 궁금해졌다.

이 계곡에는 아무것도 남은 게 없어서 그는 높은 곳으로 올라 다른 표적을 찾아보기로 했다.

스우우…….

그 순간 그는 적삼족오와 일체가 되어 순식간에 지상에서 백여 장 높이 하늘로 솟구쳐 있었다.

이제는 예전처럼 삼족오의 기운을 끌어내서 거기에 편승하여 날개를 퍼덕여 허공으로 날아오르는 번거로운 절차가 사라져 버렸다.

단지 마음만 먹으면 어느새 그는 삼족오가 되어 그가 원하는 곳에 도달하게 되었다.

'가만… 이 상태에서도 가능한가?'

문득 그는 자신이 흐릿한 붉은 광휘에 빛나는 적삼족오의 모습으로 변한 이 상태에서도 방금 전 수법을 전개할 수 있는지 궁금해졌다.

'에… 이걸 뭐라고 이름을 짓지?'

또 거기에 생각이 미쳤다. 하다못해 길가에 자란 풀에도 이

름이 있는데, 자신이 고심천만 끝에 이룬 신공에 이름이 없다
는 것은 말이 되지 않는다고 생각했다.

잠시 궁리하던 그는 마침 좋은 이름이 떠올라서 헤벌쭉 미
소를 지었다.

'콩가루. 그거 좋다!'

거대한 바위도 가루로 만들어 버린다는 뜻에서 생각해 낸
정말 대무영다운 이름이다. 그가 알고 있는 가루 중에서는 콩
가루가 가장 고왔다.

그 이름에는 앞으로 자신을 가로막는 자는 모조리 콩가루
로 만들어 버리겠다는 각오도 포함되었다.

'저게 좋겠군.'

오십여 장 거리에 기암괴석 하나가 눈에 띄었다. 지상에서
부터 길쭉하게 구불구불 백여 장이나 솟아 있는 기이한 형상
의 바위다.

황산은 거의 전체가 바위로 이루어져서 이런 모양의 바위
는 부지기수다.

아마 이름 짓는 것을 좋아하는 사람들이 이 바위를 봤다면
학바위니 개구리바위니 적당한 이름을 지었음직한 그런 바위
였다.

지금 그는 여러 가지를 시험하려고 한다. 과연 콩가루가 오
십여 장 거리의 표적까지 도달할 수 있는지, 그리고 맞춘다면

위력은 어떨지, 속도는 어떻고 지금처럼 삼족오로 변한 상황
에서도 전개가 가능한지 등이다.

지금 이 순간은 그도 약간 긴장했다. 만약 이것이 성공한다
면 적사파울이나 천무천인하고도 당당하게 일대일로 상대를
할 수 있을 것이라고 믿기 때문이다.

펄럭…….

그는 오른손을 전방의 바위를 향해 들어 올려 슬쩍 손목을
뒤집었다.

천무천인이 보여주었던 바로 그 동작이다. 하지만 그것을
염두에 둔 것은 아니다. 자연스럽게 발출하려다 보니까 그런
동작이 돼버렸다.

그리고 미약한 소리가 난 것은 바람에 그의 옷자락이 날리
는 소리였지 콩가루가 발출되는 소리가 아니었다.

발출됐다고 여긴 순간 오십여 장 전방의 바위에서 변화가
일어난 것을 포착했다.

그것은 마치 눈에는 보이지 않는 바람이 허공중에서 방향
을 바꾸는 것을 간파해 내는 것처럼 어려웠다.

아무렇지도 않았던 바위에 극히 미미한 변화가 일어나는
것을 그것도 적중되는 순간에 포착하기란 절대로 쉬운 일이
아니었다.

그렇지만 그는 자신이 손목을 뒤집는 것과 똑같은 순간에

바위 꼭대기에서 십여 장쯤 아랫부분에 흐릿한 변화가 발생한 것을 분명히 목격했다.

스으…….

다음 순간 그는 자신이 발견한 그 부위에서 시선을 떼지 않은 채 바위 앞에 도달했다.

그리고 눈을 가까이 대고 직접 확인한 결과 그의 눈이 정확했다는 사실을 확인했다.

콩가루는 바로 거기에 적중되었다. 바위의 전체적인 모습과 결이 다른 것이 증거다.

세 가지는 입증됐다. 오십여 장 거리에서도 표적에 적중시킬 수 있다는 것과, 속도는 빛 그 이상이라는 것, 그가 삼족오의 형상을 하고서도 콩가루를 전개했다는 것이다. 마지막 남은 하나는 위력이다.

이 바위가 지금까지의 바위들처럼 가루로 화한다면 만족할 만한 결과를 얻은 것이다.

휘이이…….

산정의 높은 곳에는 언제나 바람이 거세다. 그리고 그 바람에 스친 바위가 갑자기 모래로 지은 탑처럼 고스란히 허물어져 내렸다.

와스스스…….

방금 전까지 높이 백여 장의 거대하고 길쭉했던 바위가 꼭대기에서부터 맨 아래까지 순식간에 가루로 화해 수북한 모래 더미를 만들어냈다.

비로소 대무영의 입가에 득의한 미소가 피어났다.

'성공이다.'

第百五章
신의 손

소매곡 막사군의 거처에 대무영은 석 달 만에 모습을 나타 냈다.

그런데 막사군은 거처에 없었다. 그의 거처에서 함께 머무 는 측근에 의하면 막사군은 백당과 함께 살행에 나간 지 닷새 가 지났다는 것이다.

그곳을 나온 대무영은 문득 안수려가 궁금해져서 터벅터 벅 걸어서 그녀의 집으로 향했다.

석 달 전에 이곳에 왔던 해란화 등은 이틀 동안 머문 후에 모두 향격리랍으로 떠났다.

　해란화를 비롯한 여자들은 물론 북설과 무영단원들도 대무영이 등을 밀어서 떠나게 했다.

　그들이 이곳에 있어봤자 아무런 도움도 되지 못하고 오히려 그들의 안전에 신경을 쓰느라 대무영이 노심초사할 것이기 때문이다.

　뿐만 아니라 그들이 있으면 같이 노닥거리느라 심법의 사결과 오결을 연마할 여유가 없을 것이다.

　결국 다 떠나고 백당 혼자만 남았다. 그는 자신을 지키는 것 이상의 능력을 지니고 있다.

　하지만 대무영은 적사파울이나 천무천인을 상대할 때 결코 백당의 도움을 받을 생각이 없다. 도움도 되지 않을뿐더러 이것은 대무영과 적사파울, 그리고 천무천인 간의 싸움인 것이다.

　한낮이라서 평락의 집 문은 활짝 열려 있었다. 소매곡은 도둑이나 여타의 범죄가 없어서 잠을 잘 때 외에는 항상 문이 열려 있다.

　대무영을 구하려다가 죽은 일곱 명의 소매전사 가족 중에서 다섯 가족만 향격리랍으로 떠났다. 다른 두 가족은 그냥 이곳에서 눌러살겠다고 했다.

　안수려가 끈질기게 설득했지만 두 가족은 낯선 곳에 적응

하려고 애쓰는 것보다는 익숙한 현실에 안주하겠다는 쪽을 선택한 것이다.

그래서 대무영은 이곳에 남은 두 가족에게 동릉현에 새로 매입하게 될 주루를 운영하도록 맡기는 것이 어떻겠느냐고 막사군에게 부탁해 두었었다.

물론 향격리랍으로 간 다섯 가족에는 평락 가족도 포함되었다. 하지만 안수려는 대무영의 식사 수발과 빨래 등 그를 돌봐야 한다면서 남매만 먼저 해란화 등과 함께 떠나보내고 자신은 남았다.

대무영이나 막사군이 떠나라고 한사코 설득했지만 그녀의 쇠고집을 아무도 꺾지 못했다.

모든 일이 끝나고 나서 대무영이 향격리랍으로 갈 때 같이 가겠다는 것이다.

지난 석 달 동안 대무영이 온천의 동굴 속에서 무공 연마를 하는 동안 안수려는 하루에 세 번 한 번도 빠지지 않고 동굴 입구에 그가 먹을 식사를 갖다 놓았다.

그녀의 그런 지극정성이 없었다면 대무영의 성공은 훨씬 뒤로 늦춰졌을지도 모른다.

그가 마당으로 들어서니 마당 한쪽의 우물가에 쪼그리고 앉은 안수려는 채소를 다듬으면서 씻느라 여념이 없다.

대무영은 오랜만에 보는 그녀가 반가운 마음에 장난기가

발동하여 그녀 뒤로 다가가 앉으면서 슬며시 손을 뻗어 그녀
의 둔부를 쓰다듬었다.

그녀가 깜짝 놀라서 움찔하더니 가만히 있자 대무영은 용
기를 내어 한술 더 떠 손을 치마 속으로 슬그머니 집어넣었
다.

남자들이란 처음이 어렵지 한 번 동침을 하거나 어떤 식으
로든 손을 댄 여자에겐 거침없이 행동하는 못된 습성이 있다.
그렇게 해도 될 것이라고 착각하고 있는 것이다.

슥…….

그때 안수려가 돌아보며 싸늘한 표정을 지었다.

"그놈의 손모가지 아예 잘라 버리겠어."

그녀의 손에는 채소를 다듬던 식칼이 쥐어져 있었다.

"헤헤… 형수. 잘 있었소?"

대무영은 치마 속에서 슬그머니 손을 빼며 헤벌쭉 웃었다.

"손 이리 내요! 이참에 아예 잘라 버려야 이런 못된 짓을 하
지 않지!"

탁!

"맞아. 이런 버릇없는 손은 잘라 버리는 게 나아. 이리 줘
요. 내가 자르게."

대무영은 그녀의 손에서 식칼을 낚아채서 벼락같이 손목
을 내려쳤다.

“아앗!”

쩡!

안수려의 숨넘어가는 비명 소리와 식칼 부러지는 소리가 동시에 터졌다.

대무영은 부러진 식칼을 집어던졌다.

“형수, 좀 더 좋은 식칼을 쓰도록 하시오.”

그리고는 그녀의 둔부를 철썩 때리면서 일어섰다.

“배고파. 밥 줘요.”

안수려는 손으로 둔부를 만지며 눈을 하얗게 흘겼다.

“저놈의 버르장머리 하곤…….”

이른 저녁 식사를 하고 나서 대무영과 안수려는 마당에 놓인 평상에 나란히 앉아서 담 너머의 붉은 노을을 바라보고 있었다.

노을을 망연히 바라보던 대무영이 뜬금없이 조용한 목소리로 중얼거렸다.

“평 형이 보고 싶네.”

안수려는 아무 말도 하지 않았다. 대무영은 붉은 노을에 믿음직스럽게 생긴 평락의 모습이 떠오른 것 같아 아스라한 표정을 지었다.

“평 형하고 술 한잔하자고 약속했었는데…….”

말끝을 흐리면서 안수려를 쳐다보던 그는 가슴이 저렸다. 그녀가 먼 하늘을 바라보면서 하염없이 눈물을 흘리고 있었기 때문이다.

"형수……."

그 순간 대무영은 어떤 사실을 깨달았다. 평락의 죽음에 대해서 그녀가 얼마나 큰 충격을 받고 절망에 빠졌을 것인지 제대로 짐작조차 하지 못했었다는 사실이다.

평락의 죽음에 대무영은 충격을 받았고 크게 낙담했었다. 하지만 십오 년 동안 한 몸처럼 살아온 남편을 졸지에 잃은 안수려의 슬픔하고는 비교조차 되지 못할 것이다.

그런데도 그는 그녀의 절망과 슬픔을 제대로 헤아리려고 들지 않았으며 평락의 장례 이후에는 아주 가끔씩 그가 생각나곤 했었다. 바로 지금처럼 말이다.

"형수, 미안하오."

그는 이 순간 안수려에게 모든 것이 다 죄스러웠다. 말로만 친구들의 가족을 위한답시고 제대로 보살피고 해준 것이 없는 것 같고, 더구나 안수려에겐 못된 장난도 쳤으니 지하에 있는 평락을 대할 면목이 없다.

"삼촌이 무엇을……."

한 번 터져 나온 안수려의 눈물은 쉬이 멈추지 않았다.

"내가 앞으로는 장난도 치지 않고 잘하겠소. 정말이오, 민어주시오.”

그는 최선을 다해서 그녀를 달랬다.

안수려는 눈물범벅인 얼굴로 말끄러미 그를 바라보면서 흐느끼듯 말했다.

“손이나 치워줄래요?”

제 버릇 개 주나. 대무영의 손은 어느새 그녀의 둔부를 더듬고 있었다.

그는 가슴에서 불덩이 같은 것이 치밀었다.

‘크흑! 평 형, 미안하오…….’

그날 밤 늦게 백당과 막사군 일행이 소매곡으로 돌아왔다.

막사군의 설명에 의하면 백당은 이번까지 도합 다섯 번의 살행을 다녀왔으며 그동안 무려 백여 명의 쟁천십이류를 죽였다.

물론 그는 이제 더 이상 쟁천십이류의 절대가 아니다. 최초의 살행을 나가기 전에 강호에 나가서 제일 먼저 만난 아무 상대하고나 싸워서 일부러 패한 후에 자신의 절대명패를 그 자에게 던져주었다.

그로써 그는 쟁천십이류의 절대라는 사슬에서 단번에 풀려났었다.

원래 그런 것을 그다지 중요하게 여기지 않았던 터라 조금도 아쉽지 않았다.

백당을 이긴 자는 귀신에 홀린 듯한 표정으로 죽기 살기로 줄행랑을 쳤다.

하지만 그자는 바로 그날 죽임당했으며 절대명패는 다른 자에게 뺏겼다는 소문이 돌았다.

막사군은 엄청난 소매전사를 얻었다. 백당의 실력은 막사군보다 한 수 위라서 지금까지 표적으로 삼은 쟁천십이류를 한 번도 실수 없이 모두 죽였다.

무려 석 달 만에 만난 결의 삼 형제는 안수려가 차려준 술상에 둘러앉아 한동안 주거니 받거니 쉬지 않고 술을 마시면서 석 달 동안 쌓인 회포를 풀었다.

"두 형님께 드릴 말씀이 있습니다."

이윽고 대무영이 진지한 표정을 지으며 분위기를 바꾸었다.

"이제 살행은 나가지 마십시오."

그의 단도직입적인 말에 백당과 막사군은 어리둥절한 표정을 지었다. 소매곡에 백당까지 가세를 해서 이제는 호랑이가 날개까지 얻은 격인데 살행을 나가지 말라니, 찬물을 끼얹는 격이다.

하지만 대무영이 그렇게 말하는 데는 이유가 있을 것이라 여기고 백당이 물었다.

"막내야, 그게 무슨 뜻이냐?"

"제가 쟁천십이류를 없애겠습니다."

"네가?"

"자네가? 무슨 수로 말인가?"

백당과 막사군은 크게 놀라 동시에 물었다.

요리를 가져오던 안수려도 그 말을 듣고 깜짝 놀라 요리를 내려놓고는 대무영 옆에 조용히 서서 들었다.

소매곡은 쟁천십이류 때문에 가슴에 한을 품은 사람들이 모여서 이룬 조직이며 마을이다.

그러므로 만약 강호에서 쟁천십이류가 사라진다면 소매곡은 한꺼번에 원한을 풀게 되고 더 이상 이런 척박한 곳에서 숨어 살지 않아도 된다.

"소매곡으로는 쟁천십이류를 없앨 수 없습니다."

가히 청천벽력 같은 말이다. 대무영이기에 할 수 있는 거침없는 말이기도 하다.

막사군은 거센 충격을 받았지만 대무영의 말이 사실이라는 것을 알고 있었기에 충격과 분노를 꾹 눌러 참고 그의 다음 말을 기다렸다.

"바다가 싫다고 해서 바닷물을 다 퍼낼 수는 없습니다. 강호에 쟁천십이류가 수천 명인데 이런 식으로 언제 그들을 다 죽일 수 있겠습니까?"

"그래. 네가 어떻게 쟁천십이류를 없앤다는 말이냐?"

"천무천인을 죽이면 됩니다."

청천벽력이 계속 이어져서 떨어졌다. 대무영은 천하제일인 천무천인을 마치 동네 개 한 마리 죽이는 것처럼 아무렇지도 않게 죽이겠다고 말했다.

"그자를 죽인 후에 제가 쟁천십이류의 최고 등급인 천무가 되어 강호에 선언하겠습니다. 쟁천십이류를 없애겠다고 말입니다."

백당과 막사군은 눈을 빛냈다. 대무영의 말은 설득력이 있다. 천무천인을 죽일 수만 있다면, 그래서 그가 천무가 되어 강호에 그렇게 공포한다면 큰 반향을 불러일으킬 것이 분명하다. 그것은 절대 허황된 말이 아니다.

두 사람은 대무영이 지난 석 달 동안 동굴에서 폐관을 하며 어떤 대단한 성취를 이루었을 것이라고 짐작했다.

하지만 상대는 천하제일인이다. 대무영이 과연 어떤 성취를 이루었는지는 모르지만 천무천인을 죽이는 것보다는 도리어 죽음을 당할 가능성이 더 클 것이다.

"음……."

막사군은 말도 되지 않는다는 표정이지만 백당은 다르다. 그는 대무영과 직접 싸워봤으며 그가 얼마나 고강한지 잘 알고 있다.

또한 대무영은 천무천인하고 직접 싸우고서도 살아남은 유일한 사람이다.

천무천인의 실력을 잘 알고 있는 그가 이렇게 말한다면 뭔가 이길 수 있는 확신이 섰다는 것이다.

슥—

"밖으로 나와라."

갑자기 백당이 자리에서 일어나 문 쪽으로 걸어갔다.

막사군과 안수려는 무슨 영문인지 짐작하지 못했으나 대무영은 백당의 뜻을 간파했다.

막사군 거처 뒤쪽은 넓은 공지로 평소에는 소매전사들이 연무장으로 사용하는 곳이다.

"나를 일 초식에 이기고 나서도 네가 끄떡없다면 네 말에 따르기로 하마."

백당은 묵직하게 말하고 성큼성큼 걸어가서 대무영과 삼장 거리를 두고 돌아서 마주 섰다.

그는 지난번에 대무영이 짓뭉개기를 발휘하여 자신을 쓰러뜨리고 나서 그 자신도 쓰러져서 헐떡거렸다는 사실을 알고 있기 때문에 이런 조건을 내세운 것이다.

"이거 참……."

대무영은 난감했다. 백당을 설득시키려면 그를 일 초식에 이겨야만 한다.

그런데 그럴 만한 수법은 콩가루뿐이고, 그것을 평소처럼 발출하면 백당이 중상을 입을 것이 분명하다. 그러나 약하게 발출하면 이기지 못할 것이 뻔하니까 이것도 저것도 할 수 없어 고민하는 것이다.

"큰형님, 다른 방법은 없습니까?"

대무영이 난색을 표하자 백당은 고지식하게 딱딱한 표정으로 힐문했다.

"네가 천무천인을 이길 수 있는 것을 증명하는 방법이 이것 말고 뭐가 있겠느냐?"

백당은 대무영이 어째서 망설이는지 이유를 짐작한다. 자신이 다칠까 봐 그러는 것이다.

"네가 천무천인을 죽일 수만 있다면 나는 죽어도 좋다. 그러니 염려 말고 전개해라."

"큰형님, 천무천인을 죽이지 않으면 않았지 어찌 큰형님과 비교를 할 수 있겠습니까?"

대무영은 답답해서 소리쳤다.

"잔소리 말고 전개해라. 못 하겠다면 이 얘기는 없던 것으로 하자."

백당은 단호했다. 그로서도 대무영의 실력이 예전보다 훨씬 증진되어 천무천인을 이길 수 있다는 확신이 서기 전에는 허락할 수 없는 것이다. 그것은 그가 대무영을 그만큼 아끼기 때문이다.

"형님, 이 방법은 너무 극단적입니다."

막사군이 만류했으나 백당은 요지부동이다.

지금 상황이 어떻게 돌아가고 있는지는 안수려도 짐작할 수 있었다. 그녀는 대무영 옆에 서 있다가 초조한 표정으로 그에게 말했다.

"삼촌, 다른 방법으로 실력을 보여줄 수는 없나요?"

'다른 방법?'

대무영의 귀가 번쩍 뜨였다. 실력을 꼭 백당에게 발휘하여 보여줄 필요는 없다. 그는 안수려를 쳐다보며 환한 미소를 지었다.

"고맙소, 형수."

"또⋯⋯."

이런 상황에서도 그의 손은 자동으로 그녀의 둔부를 쓰다듬고 있었다.

그는 자신의 콩가루를 보여줄 만한 표적을 찾으려고 주위를 두리번거렸으나 마땅한 것이 없었다. 한쪽은 산이고 주변에는 나무와 집들뿐이다.

문득 연무장 한쪽을 차지하고 있는 산등성 너머 저 멀리에 희끗한 암석이 하나 서 있는 것이 눈에 띄었다.

그런데 거리가 너무 멀었다. 최소한 오백여 장은 될 것 같았으며 바위가 아니라 아예 봉우리였다.

대무영이 지금까지 콩가루의 표적으로 삼았던 것들은 바위였지 봉우리가 아니다.

바위와 봉우리는 근본적으로 다르다. 거대한 바위보다 수십 배에서 수백 배 더 큰 것이 봉우리다.

더구나 아까 대무영이 성공시켰던 최대 거리는 오십여 장이었으나 이것은 오백여 장으로 무려 열 배다.

그렇지만 이곳에서 표적으로 삼을 만한 것은 눈을 씻고 찾아봐도 저 봉우리뿐이다.

근처에 있는 아름드리나무 몇 개 부러뜨린다고 해서 수긍할 백당이 아니다.

그게 아니면 백당을 상대로 콩가루를 전개할 수밖에 없다. 그러면 십중팔구 백당은 크게 다칠 것이다. 콩가루는 짓뭉개기하고는 차원이 다르다.

그리고 또 지금 이 순간 오백여 장 거리의 봉우리에 한 번 도전해 보고 싶다는 대무영의 몹쓸 호승심이 슬며시 고개를 들었다.

'해보자. 달리 방법이 없다.'

"막내야, 어서 시작해라."

백당이 재촉했다. 기실 그는 대무영이 아직은 천무천인의 상대가 되지 못할 것이라고 판단했다.

기껏 석 달 남짓 폐관을 해봤자 무슨 대단한 신공을 터득했겠는가 하는 생각이다.

그래서 대무영이 지금 천무천인하고 싸우면 십중팔구 죽음을 당할 테니까 그러기보다는 자신이 시험이라는 구실을 삼아서 중상을 당하더라도 그를 붙잡는 것이 옳다고 여긴 것이다.

지난번 대무영이 해란화를 찾으러 갔다가 오랫동안 돌아오지 않아서 애를 태우면서 기다렸던 생각을 하면 지금도 가슴이 조여드는 백당이다.

더구나 대무영은 그 당시에 천무천인에게 당해서 죽을 고비를 넘기지 않았는가 말이다.

그러므로 이것은 어디까지나 대무영을 진심으로 아끼는 백당의 충심 어린 희생이라 할 수 있다.

"큰형님, 저기 봉우리 보이십니까?"

느닷없이 대무영이 아득히 먼 곳에서 유난히 하얗게 빛나며 우뚝 솟아 있는 백암(白巖)의 봉우리를 가리키자 모두들 그곳을 쳐다보았다.

"저기에 가서 겨루자는 것이냐?"

백당으로서는 그렇게 생각할 수밖에 없다.

"아닙니다. 제가 어떤 수법을 발휘해서 저 봉우리를 맞추려는 것입니다."

"뭐라?"

"그런 말도 안 되는……."

백당과 막사군은 물론 무공을 전혀 모르는 안수려까지도 어이없는 표정을 지었다.

백당과 막사군의 눈에는 봉우리가 또렷이 보이지만 안수려에겐 희미하게 보일 정도로 멀었다.

막사군은 땀을 닦으며 껄껄 웃었다.

"하하하… 형님, 무영이 농담을 하는 모양입니다."

그는 분위기가 너무 경직돼서 대무영이 농담을 한 것이라고 여겼다.

원래 대무영은 농담을 잘했다. 지금 생각해 보면 천무천인하고 싸우겠다는 소리도 농담인지 모른다.

백당은 흰 봉우리는 잠시 응시하다가 이윽고 대무영을 보면서 진중한 얼굴로 물었다.

"검을 던져서 맞추려는 것이냐?"

"아닙니다. 몸속의 기운을 발출할 겁니다."

그가 말하는 몸속의 기운이란 내공이다. 말하자면 장풍이나 강기를 발출해서 오백여 장 거리의 봉우리를 맞추겠다는 얼토당토않은 얘기다.

백당은 지금껏 살아오면서 오백여 장이나 되는 먼 거리의

표적을 장풍이나 강기는커녕 화살을 쏘아서 맞추었다는 말조
차 들어본 적이 없었다.

그러나 대무영의 진지한 표정으로 봐서는 농담을 하는 것
같지 않았다.

"제가 저길 맞추면 허락하시겠습니까?"

백당은 만약 천무천인이라면 이 상황에서 경력을 발출하
여 흰 봉우리를 맞출 수 있을 것인가 생각해 보았다.

'그자라면 맞출 것이다.'

그는 단호한 표정을 지었다.

"맞추는 것만으로는 안 된다. 최소한 저기에 절정고수가
서 있다고 가정하고 그에게 치명상을 입힐 정도는 돼야만 할
것이다."

막사군은 이 형님이 왜 이러나 하는 표정을 지었다. 노망이
들거나 독약을 먹지 않고서 어떻게 막내에게 그런 무모한 주
문을 할 수 있다는 말인가.

"알겠습니다."

막사군이 보기에는 둘 다 아주 심한 농담을 하는 중이거나
미친 것이 분명했다.

그러지 않고서야 열흘 삶은 호박에 이빨도 들어가지 않을
이따위 말을 주고받을 수 있겠는가.

"잘 보십시오."

대무영이 흰 봉우리하고 일직선이 되도록 우뚝 서면서 진중하게 말했다.

그리고는 어떤 독특한 자세를 잡거나 내공을 끌어 올리려고 애쓰는 기색도 없다. 그저 흰 봉우리를 묵묵히 주시하고 있을 뿐이다.

대무영은 오백여 장 거리의 표적에 정확하게 적중했다는 사실을 입증하려면 평범한 콩가루로는 부족하다는 생각이 들었다.

콩가루에 적중되면 아무 소리도 나지 않는다. 더구나 저렇게 먼 거리의 표적이라면 설사 정확하게 맞춘다고 해도 직접 그곳에 가서 확인을 해봐야만 할 것이다.

'적삼족오의 기운을 더 많이 주입하자.'

그런 결론을 내렸다. 적삼족오의 기운은 불(火)이니까 밤에도 잘 보일 것이라는 생각이다.

슥…….

그는 천천히 오른손을 들어 올렸다가 먼지를 털 듯 가볍게 손목을 떨쳐 냈다.

번쩍!

그 순간 그의 손에서 붉고도 눈부신 빛살이 섬광처럼 뿜어졌으며, 뿜어졌다고 여긴 순간 사라졌다.

적삼족오의 기운을 배가시켰기 때문에 콩가루가 눈에 보

이는 것이다.

그와 동시에 저 멀리 흰 봉우리 윗부분에 마치 벼락이 떨어진 것 같은 놀라운 광경이 펼쳐졌다.

흰 봉우리 윗부분에 번개가 적중된 것처럼 불꽃이 사방으로 퍼져 나가는가 싶더니 요란한 굉음을 터뜨렸다.

우르르… 쾅쾅!

오백여 장 밖의 봉우리 윗부분이 붕괴하는 바람에 이곳의 지축이 요동쳤다.

그리고 잠시 후 백당과 막사군, 안수려는 만면에 경악지색을 떠올렸다.

흰 봉우리의 윗부분이 사라지고 보이지 않았다. 모르긴 해도 사라진 부분은 집채의 수십 배에 달할 것이고 높이로는 오십여 장에 이를 것이다.

'됐다!'

대무영은 그다지 자신이 없었던 일이 성공하자 내심 쾌재를 불렀다.

백당과 막사군, 안수려는 그 자리에 얼어붙은 듯이 흰 봉우리를 쳐다보며 꼼짝도 하지 않았다.

안수려는 무인은 아니지만 그녀의 눈에도 흰 봉우리의 윗부분이 통째로 사라진 것이 똑똑하게 보였다.

어떻게 뼈와 살로 이루어진 인간의 능력으로 이런 일이 가능한 것인지 이해할 수가 없었다.

한참 만에야 백당이 정신을 수습하고 대무영을 쳐다보며 놀라는 표정을 지었다.

"너……."

스으으…….

그런데 대무영의 모습이 갑자기 흐릿해지면서 하나의 투명하고도 붉은 커다란 새의 형상으로 변해 버렸다. 아니, 그러면서 순식간에 지상에서 백여 장 높이 허공 수직으로 솟아올라 버렸다.

그는 이참에 백당이나 막사군이 다른 소리를 하지 못하게 아예 기를 죽여 버려야겠다고 생각했다.

그래서 자신이 적삼족오로 변신하여 콩가루를 한 번 더 전개하려는 것이다. 그의 폭주하는 버릇이 나와 버렸다.

백당과 막사군은 눈을 부릅뜨고 경악지색으로 까마득한 허공의 적삼족오를 올려다보았고, 안수려는 꿈을 꾸는 듯 몽롱한 표정을 지었다가 급히 주위를 두리번거리면서 대무영을 찾아보았다.

허공에 떠 있는 저 신비한 적삼족오가 대무영일 것이라고는 추호도 생각하지 않았다.

번쩍!

그때 백여 장 높이 허공에 떠 있는 적삼족오에게서 조금 전과 같은 붉고 눈부신 섬광이 번뜩였다.

그와 동시에 조금 전의 그 흰 봉우리 맨 윗부분에서 불꽃이 확 퍼졌고 곧이어 우렛소리가 터졌다.

쿠쿠쿵… 우르릉! 쿠쾅!

그리고 세 사람이 지켜보는 가운데 흰 봉우리는 그들의 시야에서 완전히 사라져 버렸다.

모두 넋을 잃어버렸다. 절정고수인 백당과 막사군은 물론이고 평범한 안수려조차도 이 믿어지지 않는 엄청난 광경을 현실이라고 믿기 어려웠다.

"어떻습니까?"

뒤쪽에서 들려오는 조용한 목소리에 세 사람은 정신을 수습하고 뒤돌아보았다.

대무영은 어느새 본래의 모습으로 돌아와서 뒷짐을 진 채 빙그레 미소를 짓고 있었다.

"무영 아우, 방금 그것은……."

막사군은 아직 꿈에서 깨어나지 못한 듯한 표정으로 말을 잇지 못했다.

안수려는 지금 이 순간 대무영이 사람으로 보이지 않았다. 아니, 어쩌면 그는 처음부터 사람이 아니라 신선이었는지도 모른다.

백당이 가장 차분했다. 그러나 사실 경악을 내심으로 삼키고 있는 중이다.

"휴우… 그 정도면 됐다. 허락하마."

그러나 잔뜩 억눌렸다가 갑자기 터져 나오는 한숨까지 어쩌지 못했다.

"하하하! 고맙습니다! 큰형님!"

막사군은 환상 속에서 아직까지 현실로 돌아오지 않은 얼굴로 물었다.

"무영 아우, 조금 전에 그것은 대체……."

"무엇 말입니까?"

"그 새 말일세. 붉은 봉황 같은……."

"봉황이 아니라 삼족오입니다."

"삼족오? 그게 뭔가?"

"그건 고구려의……."

대무영이 설명하려는데 백당이 잘랐다.

"됐어. 알아서 뭐할 텐가? 들어가세."

백당과 막사군이 집으로 향하는데 안수려는 몽롱한 표정으로 서서 지금은 사라지고 없는 흰 봉우리가 있던 방향을 망연히 바라보고 있었다.

"형수."

대무영이 곁에 다가가 부르는데도 듣지 못하고 얼이 빠져 있었다.

“형수, 들어갑시다.”

“아…….”

대무영이 친근하게 팔로 허리를 감자 그제야 그녀는 깜짝 놀라 환상에서 깨어났다.

대무영이 그녀의 허리에 팔을 감은 채 집으로 이끌자 그녀는 마치 사람이 아닌 신선을 대하는 듯한 표정으로 그를 바라보았다.

“어… 떻게 그럴 수가 있죠? 아아… 굉장해요.”

“뭐가 말이오?”

그러면서 대무영의 손이 슬그머니 그녀의 둔부를 쓰다듬었다. 틈만 나면 장난을 치는 그다.

“그렇게 멀리 있는 산봉우리를 통째로……. 아아… 그보다도 그 눈부신 새는 뭐예요? 어디에서 나타난 거죠?”

그녀는 대무영이 자신의 둔부를 쓰다듬고 있는 것을 알았으나 그런 것에 신경을 쓸 상황이 아니다.

지금 그녀의 둔부를 만지고 있는 손은 사람이 아닌 신선의 손이기 때문이다.

‘어… 재미없다.’

안수려가 둔부를 만졌다고 앙탈을 부리지 않자 재미가 없어진 대무영은 슬그머니 손을 거두었다.

第百六章

진창에 핀 꽃

다음 날. 소매곡은 모든 살행을 중지했다.

그리고 다른 일을 시작했다. 개방 강소총분타와 연계하여 적사파울의 모든 것을 감시, 파악하는 일이다. 대무영의 체재로 돌입한 것이다.

그 일은 백당이 총지휘를 하고 막사군은 소매전사들을 이끌고 직접 강호로 나가서 발로 뛰어다녔다.

* * *

소매곡을 떠난 대무영은 다음 날 장강 변의 동릉현에 모습을 드러냈다.

동릉현은 장강의 하류지역으로 천하각지의 물산이 집산되는 곳이라서 번화하기 이를 데 없다.

대무영이 준 은자 백만 냥으로 소매곡은 동릉현에 일곱 개의 주루를 사들여서 운영하고 있는 중이다.

원래는 다섯 개를 사려고 했는데 주루 매입 가격이 예상보다 쌌고 또 장사가 잘되는 탐나는 주루가 있어서 두 곳을 더 매입했다.

소매곡 소유 일곱 개의 주루는 모두 포구에 밀집되어 있으며, 대무영은 그중 한곳을 찾아갔다.

일곱 개 주루의 주인이나 회계 등 중요한 일을 맡은 사람은 모두 소매곡에서 온 주민이므로 대무영과 안수려를 즉시 알아보았다.

일곱 개 주루에서 하루에 벌어들이는 순수입이 은자 십만 냥 정도이다.

그리고 그중의 일 할 만 냥이면 소매곡 전체 주민 천오백여 명이 풍족한 생활을 할 수 있다.

소매곡 사람들은 대무영 덕분에 주루 영업을 할 수 있게 되었다는 사실을 잘 알고 있으므로 그가 찾아간 주루의 주인은 맨발로 뛰어나와 그와 안수려를 쌍수를 들어 환영하고 귀빈으로 모셨다.

대무영은 안수려를 이곳 주루에 한동안 맡겨둘 생각이다.

그녀를 가족이나 가까운 이웃도 없는 소매곡에 혼자 놔두고 오는 것이 마음 쓰였고, 그녀도 한사코 따라오려고 해서 여기까지 같이 온 것이다.

하지만 이제부터 그는 천무천인을 죽이러 가야 하고, 이후에는 적사파울과의 싸움이 남았는데 안수려를 데리고 다니는 것은 말도 되지 않는 일이다.

저녁 식사를 끝낸 후에 두 사람은 각자의 방으로 들어갔다. 이곳 주루는 삼 층과 사 층을 객잔으로 겸비하고 있으며, 두 사람은 사 층 최고급 객방에 들었다.

대무영은 내일 이른 아침에 천무천인이 있는 태산으로 출발할 계획이라서 오늘 밤은 푹 휴식을 취할 생각이다.

일단 그는 얼굴을 덥수룩하게 뒤덮은 구레나룻과 수염을 깨끗하게 밀었다.

이제는 수염으로 모습을 감추는 짓은 하지 않을 생각이다. 천무천인이나 적사파울에게 떳떳하게 모습을 드러내고 정면으로 싸울 것이니까 말이다.

올해로 스물한 살이 된 그는 키와 체구가 예전보다 훨씬 더 커졌을 뿐만 아니라 얼굴도 완연한 청년의 모습으로 변해 있었다.

얼굴을 절반이나 뒤덮었던 구레나룻과 수염을 깨끗이 밀자 전혀 낯선, 그렇지만 어느 누구라도 한 번만 시선을 주면 영원히 눈을 떼지 못할 정도로 멋진 사내대장부의 모습이 나타났다.

그의 외모는 얼굴만 준수한 백면서생하고는 달랐다. 영준하면서도 영웅호걸의 기백이 넘쳤다.

면도를 마친 그는 천지검을 풀어놓고 아까 주루 주인에게 부탁해서 받은 내일 입을 흑삼 한 벌을 잘 개어놓았다.

술 생각이 조금 들긴 했으나 고개를 흔들고 침상으로 가려는데 그때 누군가 문을 두드렸다.

똑똑…….

문밖에서 들려오는 숨소리만 듣고도 안수려라는 것을 알 수 있었다.

"들어오시오."

대무영이 침상에 걸터앉으며 말하자 곧 문이 열리고 안수려가 들어섰다.

"앗!"

그러나 그녀는 대무영을 발견하고 깜짝 놀라며 짧은 비명을 질렀다.

"당신 누구죠? 삼촌은 어디 갔죠?"

대무영은 자신이 면도를 해서 그녀가 알아보지 못한다는 사실을 깨닫고 골려줘야겠다는 생각이 들었다.

어찌 된 일인지 그녀만 보면 장난이 치고 싶었다. 그녀는 정숙한 여인이라서 장난하고는 거리가 먼데 왜 그러는 것인지 대무영도 알지 못했다. 그냥 그녀에게 장난을 치면 그녀가 발끈하는 것이 재미있었다.

"삼촌이 누구요?"

그는 일부러 목소리를 가느다랗게 꾸몄다.

그녀는 실내를 두리번거리고 문밖에도 나갔다가 다시 들어와 고개를 갸웃거렸다.

"이 방은 나하고 함께 온 사람이 들어갔었어요. 그런데 당신은 누구죠?"

"나는 나요."

대무영이 엄숙한 얼굴로 말하자 안수려는 표정이 복잡해지더니 몸을 돌려 방을 나가려고 했다.

하지만 분명히 그녀는 걷고 있는데 몸이 뒤로 스르르 미끄러져 가자 깜짝 놀랐다.

"아……."

풀썩!

그녀는 어떻게 해볼 새도 없이 침상에 걸터앉아 있는 대무영 무릎에 그를 등지고 앉고 말았다.

“어허… 왜 이러는 것이오?”

대무영은 자기가 무형지기로 그래놓고서도 짐짓 그녀가 먼저 도발한 것처럼 역정을 냈다.

“내가 좋으면 말로 하시오.”

“아아… 나는…….”

그녀는 버둥거리면서 일어나려고 하는데 도무지 몸이 말을 듣지 않았다.

그때 대무영이 본래의 목소리로 껄껄 웃었다.

“하하하! 형수! 나요!”

그러면서 무형지기를 풀자 안수려의 몸은 자유롭게 되었다.

그녀는 발딱 일어나서 급히 뒤돌아보며 놀라서 눈을 동그랗게 떴다.

“삼촌… 이에요?”

“하하! 그렇소. 면도를 했는데 못 알아보겠소?”

“그랬었군요.”

그녀는 두어 걸음 뒤로 물러나더니 눈을 깜빡이면서 한참이나 그를 보고 나서 짧게 말했다.

“수염을 길러요.”

이런 모습으로 돌아다니면 이 만고의 바람둥이가 천하의 미녀라는 미녀는 죄다 찝쩍거릴 것 같았다.

*   *   *

　대무영은 정오 조금 못 돼서 유계구에 도착했다. 동릉현에서 산동성 태산으로 가려면 유계구에서 합비를 거쳐 북상하는 것이 가장 빠른 방법이다. 곧게 뻗은 관도가 놓여 있기 때문이다.

　그 길은 일전에 그가 해란화를 태운 주현, 아니, 주도현을 추격해서 갔던 길이기도 하다.

　지난밤에 안수려가 그의 방에 찾아왔던 것은 마지막 밤이기 때문에 둘이서 술이나 한잔하자는 이유에서였다.

　두 사람은 그의 방에서 술을 마셨으며 주로 나눈 대화는 소매곡에서 있었던 여러 가지 재미있었던 일에 대한 것이었다.

　대무영은 안수려를 주루에 맡겨두고 떠나는 것이 못내 미안했으며, 그녀 역시 근 넉 달 동안 정이 들었던 대무영을 멀리 떠나보내는 것이 가슴 아팠으나 거기에 대해서는 한마디도 하지 않았다.

　술자리가 끝난 후에 안수려는 자신의 방으로 돌아가지 않았다. 그녀는 아무 말 없이 옷을 입은 채 침상에 누웠고, 대무영은 그녀를 품에 안아준 채 잠을 잤다. 그리고 그녀가 깨어나기 전에 주루를 나섰다.

대무영은 유계구에서 말을 한 필 구하기로 마음먹었다. 삼족오로 변신하여 태산까지 단숨에 날아갈 수도 있으나 천천히 가면서 이것저것 알아볼 것이 있다. 주로 적사파울에 대한 정보 수집이다.

지금쯤 강호의 경험이 제법 풍부해진 그는 서둘면 일을 그르친다는 사실을 잘 알고 있다.

거리에서 사람들에게 가까운 마방(馬房)의 위치를 물어 그곳으로 향했다.

"푸헤헷! 이년아! 내 신발 바닥을 핥으면 한 냥을 주겠다는데 왜 핥지 않는 것이냐?"

"킬킬킬! 아마 네년 혓바닥이 이 친구 발바닥보다 더러울 것이다!"

대무영이 수많은 사람이 왕래하는 거리 한가운데를 걸어가고 있을 때 멀지 않은 길가에서 사내들이 누군가를 희롱하는 듯한 왁자한 소리가 들렸다.

펙!

"끅!"

"이년! 내 말이 안 들리느냐?"

여자에게 발길질이라도 하는지 둔탁한 소리에 이어 답답한 신음 소리가 뒤를 이었다.

대무영은 예전 같았으면 걸음을 멈추고 참견이라도 했을
텐데 지금은 그러고 싶은 마음이 들지 않았다.

그의 순수한 마음이 조금 때가 묻었기 때문인가. 아니면 천
하에 상처 입고 불쌍한 사람을 일일이 다 도와주려면 한도 끝
도 없다는 사실을 깨닫고 포기를 한 것인가. 어쨌든 여자가
계속 매 맞는 소리가 점점 멀어지면서 그는 자신이 조금씩 변
해가고 있다는 것을 느꼈다.

"그만… 이제 그만해라……. 버러지 같은 것들아……."

매를 맞고 있는 여자가 짓이겨진 듯한 신음 소리로 중얼거
리는 소리가 들렸다.

뚝!

순간 대무영은 안색이 홱 변해서 걸음을 멈추자마자 여자
가 있는 곳으로 미친 듯이 달려갔다.

거리 가장자리의 어느 주루 앞에 십여 명의 할 일 없는 사
람이 모여서 어떤 광경을 구경하고 있었다.

키가 큰 대무영은 사람들 어깨 너머로 안쪽을 굽어보았다.
건달로 보이는 두 사내가 서 있고 그중 한 놈이 상거지 꼴을
하고 있는 긴 머리의 어떤 사람의 뺨을 밟아서 바닥에 짓이기
고 있는 중이었다.

간밤에 비가 내렸었기 때문에 땅바닥은 진창인데 짓밟힌

사람은 숨을 쉬기 위해서 코와 입이 진흙에 파묻히지 않으려
고 상체를 버둥거렸다.

　그 사람의 얼굴은 흙투성이라서 남자인지 여자인지 구별
이 가지 않았다.

　"이년아! 내 신발 바닥을 한 번 핥으면 용서해 주겠다는데
어째서 버티는 것이냐? 죽고 싶은 거냐?"

　그 사람은 짓이겨진 채 중얼거렸다.

　"으으… 이놈아… 어찌 봉황이 참새의 발바닥을 핥겠느
냐?"

　"봉화앙?"

　대무영의 눈이 번쩍 뜨였다. 조금 전에 그 목소리는 잘못
들은 것이 아니었다.

　사내는 눈이 확 뒤집히더니 짓밟힌 사람의 긴 머리채를 거
칠게 잡아서 일으켰다. 드디어 이 거지 같은 년을 치도곤 낼
구실을 찾아낸 것이다.

　"이 개년아!"

　"아아……."

　머리채를 잡힌 사람, 아니, 가냘픈 목소리로 미루어 여자가
분명하다. 그녀의 진흙투성이 얼굴이 고통으로 참담하게 일
그러졌다.

　그때 누군가 사내의 뒤에서 그의 뒷덜미를 가볍게 잡고서

슬쩍 허공으로 집어던졌다.

"으아아—"

사내는 애처로운 비명을 지르면서 허공으로 날아가 거리를 넘어 먼 곳의 어느 집 지붕에 떨어졌다.

또 한 사내는 뒤에 장승처럼 우뚝 서 있는 대무영을 발견하고는 지레 겁을 먹고 쏜살같이 사라졌다.

사내가 허공으로 날아가는 바람에 머리채를 잡혔던 여자가 땅으로 쓰러지려는 것을 대무영이 손을 내밀어 가볍게 허리를 안았다.

"으으… 나는 봉황이다……. 네놈들 같은 버러지가 감히……."

상거지 꼴에 온몸이 진흙투성이인 그녀는 대무영의 팔에서 벗어나려고 계속 허우적거렸으나 동작에는 조금도 힘이 들어 있지 않았다.

다만 계속 자신은 봉황이라고 중얼거렸다. 그녀는 대무영도 같은 패거리로 오해하고 있는 모양이다.

대무영은 착잡한 표정으로 그녀를 굽어보았다. 그녀는 봉황이었다. 그것도 천하가 선망의 얼굴로 바라보던 가장 높은 곳에서 우아하게 비행하던 봉황이었다.

"정아."

대무영은 팔로 그녀의 허리를 완강하게 감아서 자신에게

당겨 안으며 조용한 목소리로 불렀다.

"……."

진흙투성이의 여자는 눈을 동그랗게 뜨고 대무영을 빤히 바라보았다.

"네 꼴이 이게 뭐냐?"

봉황 나운정은 수염을 깎은 잘 생긴 사내의 얼굴을 한동안 눈을 깜빡이며 바라보았다.

"아아… 주인님… 이신가요?"

그녀는 믿을 수 없다는 듯 두 눈을 커다랗게 뜨고 바들바들 몸을 떨었다.

"그래, 나다. 여기에서 무얼 하는 것이냐?"

"저는… 유계구에서 영랑을 만나기로 해서……."

순간 대무영은 철퇴로 뒤통수를 호되게 얻어맞은 듯한 충격을 받았다.

그랬었다. 그는 분명히 자신의 입으로 그녀에게 유계구에서 만나자고 약속을 했었다.

급박한 상황에서 그녀가 유계구에서 기다리겠다고 말했을 때 대무영은 대답을 하지 못했었다.

그는 그녀에게 많은 도움을 받았고 최고의 심법까지 배웠으면서도 그 당시에는 기회가 되면 그녀를 떨쳐 버리려는 생각만 했었다.

그런데 그때 천무천인이 나타났고, 그녀는 자신이 그를 막을 테니까 대무영더러 도망치라고 했다. 그러면서 유계구에서 기다리겠다고 말했다.

하지만 대무영은 순간적으로 대답을 하지 못했고, 그런 그를 보면서 그녀는 몹시 슬픈 표정을 지으면서도 두 손으로 그의 등을 힘껏 떠밀어 도망치게 해주었다.

그래서 그는 허공으로 날려가면서 다급히 그녀에게 전음을 보냈었다. 그곳에서 기다리겠다고 말이다. 물론 그곳은 유계구를 뜻하는 것이다.

나운정 덕분에 몇 차례나 목숨을 건지고서도 그는 그 약속을 까마득히 잊고 있었다. 나운정은 잊지 않았으나 경황 중에 한 약속을 잊어버렸던 것이다.

그러나 그녀는 그것을 잊지 않고 그날 이후 유계구에서 대무영을 기다리고 있었던 것이다.

그동안 넉 달이나 흘렀다. 조금 전에 그녀가 한낱 건달에게 핍박을 당하는 것으로 봐서는 그녀에게 무슨 일이 있었던 것이 분명하다. 그녀는 그런 몰골로 이곳에서 진창에 뒹굴며 그를 기다렸다.

그녀의 두 눈에서 흐른 눈물이 진흙투성이 뺨으로 흘러내리며 희고 뽀얀 살결을 드러냈다.

"오셨군요……. 저는 주인님께서 반드시 돌아오실 줄 알고 있었어요……."

그녀는 눈물에 젖은 초롱초롱한 눈으로 대무영을 바라보면서 미소를 지었다. 가슴이 찢어지도록 슬픈, 그리고 아름다운 미소다.

"정아……."

대무영은 목이 메어 그녀의 이름만 부를 뿐 더 이상 말을 잇지 못했다. 그는 두 팔로 그녀를 안고 가슴에 꼭 파묻으면서 읊조렸다.

"정아, 미안하구나. 내가 잘못했다."

나운정은 그의 가슴에 얼굴을 묻고 하염없이 기쁨의 눈물을 흘렸다.

"주인님께선 잘못하신 게 없어요. 저는 주인님을 다시 만나서 너무 기쁠 뿐이에요……."

그 일대에는 구경꾼으로 인산인해를 이루었다. 천하에 다시없을 절세기남자가 웬 여자 거지를 포옹하고 있는 광경은 절대로 흔하게 볼 수 있는 광경이 아니다.

대무영은 혹시 있을지도 모르는 추적을 따돌리기 위해서 나운정을 품에 안고 삼족오로 변신하여 단숨에 동릉현으로 돌아왔다.

안수려는 떠난 줄 알았던 대무영이 한나절 만에 주루에 들어서자 의아한 표정을 지었다. 더구나 품에 웬 거지를 안고 있어서 더욱 놀랐다.

대무영은 객방 안으로 들어가 문을 닫고 안수려에게 자초지종을 대충 설명했다.

그가 설명을 하는 동안에도 나운정은 그의 품에서 내려서지 않았으며 그도 내려놓으려고 하지 않았다.

"아… 그랬군요."

설명을 듣고 난 안수려는 크게 놀라고 또 감격 어린 표정으로 나운정을 바라보았다.

그 위험지경에서 대무영이 살아나 안수려를 만날 수 있었던 것은 순전히 나운정의 희생 덕분이었던 것이다.

더구나 그녀가 가르쳐 준 사문의 심법 덕분에 대무영이 새로운 신공을 완성할 수 있었으니, 만약 대무영이 천무천인을 죽이고 또 적사파울까지 죽여서 자신의 원한과 강호, 더 나아가서 천하에 평화가 찾아온다면 그 모든 것이 나운정의 공인 것이다.

"형수, 우선 정아를 좀 씻겨주시오. 나는 그녀가 입을 옷을 구해오겠소."

대무영이 내려놓으려고 하자 나운정은 떨어지지 않으려고 두 팔로 그의 목을 끌어안고 버텼다.

"그럼 내가 씻겨주랴?"

대무영이 부드럽게 물으니까 그녀는 보일 듯 말 듯 고개를
끄떡였다.

결국 대무영이 욕실로 나운정을 데리고 들어가서 직접 씻
겼으며 안수려가 서둘러 새 옷을 한 벌 사왔다.
깨끗이 목욕을 하고 새 옷으로 갈아입은 나운정은 완전히
딴 모습으로 탈바꿈했다.
안수려가 봤을 때 나운정의 미모는 도해나 서가, 파로에 비
해서 조금도 뒤지지 않았다. 아까 남루한 옷에 진흙투성이였
을 때에는 설마 이렇게 아름다울 것이라고는 상상조차 하지
못했었다.
그래도 안수려의 눈에는 해란화가 가장 아름다웠다. 그녀
는 대무영을 사랑하는 여자들의 아름다움을 모두 지니고 있
었으며 외적인 미보다는 내적인 미가 더 돋보였다.
"형수, 정아를 부탁하오."
침대에 걸터앉은 대무영은 옆에 앉은 안수려에게 정중하
게 부탁을 했다.
"그녀가 일곱 번째인가요?"
"그렇소."
"어쩜……."
안수려가 기가 막힌다는 듯한 표정을 지었다.

"왜 그러오?"

"정말 대단한 바람둥이에요. 그 많은 여자를 다 감당할 수 있어요?"

"형수, 못 봤소?"

"뭘 말이에요?"

"그날 형수 집에서 해란화하고 도해, 서가, 파로하고 다 함께 재미있게 놀던 광경 말이오."

"마… 망측해……."

사실 그때 안수려는 방으로 돌아가지 않고 조금 열린 문틈으로 방 안에서 벌어지는 광란의 향연을 다 봤었다. 그리고 그녀가 보고 있다는 사실을 대무영은 알고 있었다.

"어떻소? 형수가 보기에 내가 그녀들을 감당하지 못하는 것 같았소?"

안수려는 얼굴이 새빨개져서 대답을 하지 못하고 고개를 폭 숙였다.

그때 대무영 무릎에 앉아 있는 나운정이 조심스럽게 안수려를 바라보며 물었다.

"이분도 주인님의 부인인가요?"

"왜 그렇게 생각하느냐?"

"주인님께서 이분의 둔부를 쓰다듬고 계시니까……."

"앗!"

안수려는 깜짝 놀라서 벌떡 일어났다. 만성이 됐는지 아니면 자연스러운 동작이 됐는지 이제는 대무영이 둔부를 만지는 사실조차 느끼지 못했다.

대무영은 유계구에서 처음 나운정을 안았을 때 그녀가 무공을 잃었다는 사실을 간파했었다.

"어떻게 된 일이냐?"

그는 무릎에 앉아 있는 나운정에게 물었다.

"사부님께서 저의 무공을 폐지시켰어요."

그녀가 무공을 잃었을 것이라는 대무영의 짐작이 맞았다. 하지만 천무천인이 그녀의 무공을 없앴다는 것은 충격이다. 사부가 제자에게 할 짓이 아니기 때문이다.

"그때 그것 때문이냐?"

대무영이 천무천인에게 두 번째 천인강을 적중당했을 때 나운정이 뒤에서 천무천인을 두 팔로 끌어안고 대무영에게 도망가라고 울부짖었었다.

"아니에요. 그 이후에 사부님께서 사문으로 돌아가자고 했는데 제가 거절했어요. 그리고 사문에서 나가겠다고 요구했었어요."

"왜 그랬느냐?"

나운정은 상체를 틀어서 대무영을 돌아보며 당연하다는

듯 대답했다.

"유계구에 가서 주인님을 만나야 하니까요. 그리고 주인님을 따라가려면 사문을 떠나야 하잖아요."

"그래서 독고천성이 네 무공을 없앴느냐?"

"네."

"그자가 네 무공을 없앴다는 것은 너를 파문시켰다는 뜻이겠구나."

"네."

"휴우……."

대무영은 가슴이 저려서 한숨이 절로 나왔다.

그는 자신이 혼자서 여기까지 온 것이 아니라는 사실을 새삼 깨달았다.

많은 사람의 희생과 도움을 딛고서 지금의 대무영이 존재하는 것이다.

*　　*　　*

태산 천성관.

한가하게 난을 치고 있던 천무천인은 제자의 보고를 받았다.

"사부님, 유계구에서 걸식을 하던 나운정을 대무영이 데려갔다고 합니다.”

천무천인은 스스로 사문을 나갔던 나운정을 줄곧 감시하
고 있었다.

한때 제자였던 그녀를 걱정해서가 아니라 언젠가는 그녀
앞에 대무영이 나타날 것이라는 계산 때문이었다.

“놈은 어디에 있느냐?”

“놓쳤습니다.”

“놓쳐?”

천무천인은 난을 치던 가위질을 멈추었다.

제자는 황송해서 더욱 깊숙이 허리를 굽혔다.

“대무영이 갑자기 연기처럼 사라지는 바람에 어쩔 수 없었
다고 합니다.”

천무천인은 눈살을 찌푸렸다. 대무영 혼자도 아니고 무공
을 잃은 나운정까지 있었는데 둘 다 연기처럼 사라졌다는 것
이 어이없었다.

유계구에서 나운정을 감시한 것은 승무단이 아니라 그들
보다 훨씬 뛰어난 천성관의 문하제자들이다. 그들이 대무영
을 놓쳤다는 사실이 뭔가 심상치 않았다.

“놈을 찾아내라.”

천무천인은 난 치기를 계속하면서 명령했다.

그는 이번만큼은 반드시 대무영을 찾아내서 죽여야겠다고

벼르고 있었다.

지난번에도 이런 식으로 찾아냈으니까 이번에도 놈을 찾는 것은 어렵지 않을 것이다.

셋째제자 주지화가 발칙하게도 황명이랍시고 대무영을 죽이지 말라고 명령을 했으나 그런 것은 눈곱만큼도 개의치 않는다.

또한 천무천인을 감시하기 위해서 천성관에 열 명의 황궁고수를 상주시켰으나 그들의 눈을 피하는 것쯤은 누워서 식은 죽 먹기다.

놈은 반드시 죽여야 한다. 대제자 사도헌을 죽였으며 둘째제자 나운정을 저 지경으로 만들어놓고도 모자라서 셋째제자마저 사부에게 반기를 들고 명령을 하게 만든 놈이다.

그때 나운정 때문에 놈을 죽이지 못한 것이 후회스럽다. 평소에 귀여워하던 제자의 결사적인 애원에 잠시 측은지심을 가졌었다.

'놈을 살려두면 언젠가는 내 목을 물어뜯을 것이다.'

천무천인은 이번 기회에 기필코 대무영을 반드시 죽이리라 다짐했다.

第百七章
무림청으로

대무영은 다시 유계구에 나타나서 말을 한 마리 사서 그걸 타고 북상을 시작했다.

그때는 이미 늦은 오후가 됐는데 유계구를 출발한 지 채 반 시진도 지나지 않아서 말을 멈추어야만 했다.

대무영의 앞길을 막은 자들은 복장으로 미루어 천성관 휘하 승무단 고수가 분명했다.

그들은 관도를 막아서더니 순식간에 대무영을 포위해 버렸으며, 관도를 오가던 행인들은 겁을 집어먹고 멀찌감치 줄행랑을 쳤다.

대무영은 나운정을 감시하고 있었을 것이라는 자신의 짐작이 맞았다는 것을 지금 확인했다.

그가 나운정을 데리고 삼족오로 변신해서 사라졌기 때문에 놓쳤다가 그가 다시 이곳에 모습을 드러내니까 순식간에 승무단 고수들이 몰려든 것이 그 증거다.

대무영은 전방을 가로막은 승무단 고수 중에서 복장이 다른 우두머리로 보이는 자를 보면서 담담하게 말했다.

"너희 같은 조무래기들을 상대하고 싶지 않으니까 독고천성더러 직접 나서라고 해라."

"이놈!"

우두머리, 즉 유계구 승무단 지단주는 대무영이 천무천인을 어린애처럼 부르자 눈을 부릅뜨면서 발을 굴렀다.

대무영은 좋은 말로 달랬다.

"이놈들아, 독고천성의 대제자인 사도헌이 내 손에 죽었다. 그런데 네놈들이 내 상대가 되겠느냐?"

그 말에 지단주와 승무단 고수들은 움찔했다. 이들에게 사도헌은 하늘같은 존재다. 또한 쟁천십이류 절대로서 감히 쳐다보지도 못할 만큼 고강한 인물이다. 그런 사도헌을 대무영이 죽였다는 것이다.

사실 이들은 사도헌이 죽었다는 사실조차도 방금 전까지 모르고 있었다.

지단주는 눈을 부릅뜨고 호통을 쳤다.

“이놈! 어디서 새빨간 거짓말을 나불거리느냐?”

대무영은 어이없다는 듯 허허 웃고 나서 말했다.

“내가 그동안 승무단과 안휘성 방, 문파의 고수를 몇 명이나 죽였다고 생각하느냐?”

“그건…….”

지단주는 머뭇거렸다. 지난번에 대무영을 추격하는 과정에서 그가 죽인 승무단과 방, 문파 고수의 수는 무려 팔백여 명에 달했다.

그 사실은 큰 비밀도 아니다. 안휘성만이 아니라 강호인이라면 다 알고 있는 사실이다.

지금 이 상황에서 싸움이 벌어지면 십중팔구 승무단 고수가 다 죽을 것이다.

그러나 설사 그렇더라도 절대로 물러날 수 없다. 하늘이신 천무천인의 지엄한 명령이기 때문이다.

“닥쳐라! 그런 개소리 집어치우고… 끅!”

지단주는 호통을 치다가 갑자기 답답한 신음 소리를 냈다.

주위의 수하들이 쳐다보자 지단주의 가슴 한복판에 주먹 하나가 통째로 들어갈 정도의 큰 구멍이 뻥 뚫려서 피가 콸콸 쏟아지고 있었다.

대무영은 도저히 말로는 이들을 물러서게 할 수 없다고 판

단하여 최대한 약한 콩가루를 슬쩍 전개했는데 지단주가 즉
사해 버린 것이다.

"물러나면 살려주겠다!"

다각다각…….

대무영은 쩌렁하게 호통을 치고는 그대로 말을 몰아 천천
히 전진했다.

쿵!

그때 지단주가 묵직하게 뒤로 쓰러졌다.

승무단 고수들은 주춤주춤 뒤로 물러났고, 대무영은 계속
전진했다.

예전 같으면 대무영은 승무단 고수나 안휘성 방, 문파의 고
수, 무사들에게 발각될까 봐 전전긍긍했을 테지만 지금은 전
혀 그렇지 않다.

한마디로 무서울 게 없고 눈에 뵈는 게 없다. 천성관으로
가는 도중에 앞을 가로막는 자는 천 명이고 만 명이고 깡그리
죽여 버릴 생각이다. 이들은 말로 해서는 듣지 않는 개새끼니
까 말이다.

차창!

"공격해라!"

"죽여라!"

갑자기 전방 선두에 있던 두어 명이 벼락같은 호통을 치며

대무영에게 짓쳐갔다.

군중심리란 참 묘한 것이다. 물러서다가도 누군가 한두 명이 용기를 내서 공격하면 마른 풀에 불이 붙는 것처럼 화르륵하고 불타오른다.

대무영은 방금 전에 호통을 치면서 제일 먼저 공격해 오고 있는 두 명을 향해 가볍게 소매를 떨쳤다.

검을 뽑으면서 비스듬히 신형을 날려 좌우에서 덮쳐 오던 두 명은 한순간 허공에서 뚝 정지하는 것 같더니 그대로 땅으로 떨어졌다. 둘의 가슴에는 어김없이 주먹 크기의 구멍이 뻥 뚫려 있었다.

하지만 한 번 시작된 공격은 두 명이 죽었다고 해서 멈춰지지 않았다.

마치 한밤중에 등불을 보고 달려드는 불나방들처럼 사방에서 파도처럼 공격해 왔다.

많은 수의 무리가 소수, 혹은 한 사람을 공격할 경우에 빠지게 되는 착각이 있다.

우리는 이렇게 수가 많으니까 어쩌면 적을 죽일 수 있을지도 모르고, 역시 같은 조건 때문에 나 하나쯤은 살아날 수 있을 것이라고 안이하게 믿는다는 사실이다.

그러나 승냥이의 수가 아무리 많다고 해도 호랑이를 이길 수는 없는 법이다.

쿠쿠쿠쿵!

콩가루에 당한 자들이 우르르 지상에 떨어졌다. 대무영은 처음에는 한 명에 한 차례씩 콩가루를 전개하다가 너무 비효율적이라는 사실을 깨달은 후에는 부채를 부치듯이 소매를 휘저었다.

그랬더니 콩가루를 한 번 전개할 때마다 서너 명씩 와르르 나가 떨어졌다.

그러나 나중에는 그것도 귀찮아져서 어느 순간에 이르러 아예 동작을 취하지 않은 상태에서 의지로만 온몸으로 콩가루를 발출했다.

그리고는 그것이 끝이다. 그의 온몸에서 해일처럼 뿜어진 콩가루는 승무단 고수를 한 명도 남기지 않고 모조리 저세상으로 보내 버렸다.

처음에 죽은 자부터 시작해서 맨 마지막에 죽은 자까지 한결같이 가슴이 뻥 뚫려서 즉사했으니 고통은 느끼지 못했을 것이다.

승무단 고수 백여 명의 공격이 시작되고 끝나는데 불과 세 호흡 남짓 걸렸을 뿐이다.

대무영은 여전히 마상에 당당하게 앉아 있고 주변에는 백여 구의 시체가 어지럽게 널려 있다.

콩가루는 표적을 가루로 만들어 버려서 붙인 이름인데 방금 죽은 시체들은 가슴에 주먹만 한 구멍만 뚫렸을 뿐 제 모습을 유지하고 있다.

그 이유는 대무영이 내공기와 외공기만을 응집해서 발출했기 때문이다.

그걸 보면 적중된 표적이 가루가 되는 것은 아마도 청, 적 삼족오의 기운 때문인 것 같았다.

그는 방금 싸움 같지 않은 싸움에서 콩가루에 대해서 세 가지를 새로 배웠다.

체내에 응집된 공력을 최소한으로 내보내면 적을 죽이되 시체는 보존된다는 것과, 한 번의 동작으로 여러 개의 콩가루를 발출할 수 있다는 것. 그리고 의지로써 콩가루를 발출하는 수법, 즉 심공(心功)이다.

관도 양쪽 멀리에 많은 사람은 방금 이곳에서 벌어진 엄청난 도륙을 목격하고 겁에 질려서 자꾸만 뒤로 물러서고 있었다.

그걸 보고 대무영은 씁쓸한 표정을 지었으나 어쩔 수 없는 일이라 여기고 빨리 이곳에서 벗어나기 위해서 말을 몰아 달리기 시작했다.

우두두둑—

그가 달려가는 쪽 사람들은 마치 저승사자가 돌진해 오기라도 하는 듯 비명을 지르면서 양쪽으로 흩어졌다.

대무영은 그들에게는 미안하지만 이곳을 빨리 벗어나는
것이 그들을 위한 길이라고 생각했다.

＊　　　＊　　　＊

대무영은 유계구에서 합비까지 삼백여 리를 북상하는 동
안 다섯 번 싸웠으며, 그로 인해서 승무단 고수와 그 지역의
방, 문파 고수, 무사를 무려 천오백여 명이나 죽였다.

원래 넉 달 전 대무영이 해란화를 구한 후 유계구까지 탈출
하는 과정에 승무단 고수와 안휘성 방, 문파의 고수, 무사 팔
백여 명을 죽였던 일은 강호, 아니, 천하에 소문이 파다하게
퍼졌었다.

하지만 그 소문은 크게 와전되어 퍼졌다. 어떤 식이냐면 대
무영이 안휘성에 와서 여자를 납치하고 도주하는 과정에 그
것을 제지하려는 천성관 휘하의 고수들을 무차별 도륙했다는
것이다.

넉 달 전에 그는 졸지에 음적에 살인마가 되고 말았었다.
천무천인이 그런 소문을 내라고 명령했기 때문이다.

지난 넉 달 동안 그는 소매곡에서만 머무느라 그런 소문을
일체 접하지 못했었다.

하지만 백당이나 막사군은 거기에 대해서 알고 있었으나

그런 얼토당토않은 소문을 대무영에게 옮길 필요가 없어서
말하지 않았었다.

그런데 이번에도 똑같은 소문이 퍼지기 시작했다. 살인마
단목검객 대무영이 또다시 안휘성에 와서 무차별 도륙을 벌
이고 있다는 것이다.

*　　　*　　·　*

합비로 들어가기 직전에 대무영은 관도를 그냥 스쳐 지나
가는 행인인 것처럼 변장한 소매전사가 슬쩍 전해주는 서찰
을 받았다.

—적사파울이 있는 곳을 알아냈음. 현재 북경 금천장에 머물고 있
음. 그 외 긴급한 일로 오늘 밤 술시에 소호 서북쪽 송림 서쪽에서 만
나기를 원함.

"적사파울……."

대무영은 마상에서 서찰을 읽고 투지가 활활 타올랐다. 북
경이라면 천성관이 있는 태산에서 그리 멀지 않다.

천무천인하고의 대결에서 이긴다면 그 길로 적사파울을
찾아가서 죽일 것이라고 내심 다짐했다.

'그런데 긴급한 일이라는 것은 뭐지?'

밤 술시. 소호 서북쪽 송림.

합비 성내에서 저녁을 먹은 대무영은 성 밖으로 나왔다가 순식간에 삼족오로 화해서 이곳으로 왔다. 그러므로 감시자의 미행은 완벽하게 떨어뜨렸다.

우거진 송림 속의 한 그루 거대한 소나무 위 으슥한 나뭇가지에 검은 인영 하나가 앉아서 예리한 눈빛으로 아래쪽을 살피고 있다.

너무도 은밀하게 숨어 있어서 검은 인영이 그곳에 있다는 사실은 그 자신이 스스로 모습을 드러내기 전에는 아무도 모를 것 같았다.

"형씨가 날 보자고 했소?"

"헛!"

그런데 느닷없이 검은 인영 바로 뒤에서 나직한 목소리가 흘러나오자 그는 깜짝 놀라 헛바람 소리를 냈다.

그리고 다음 순간 그는 뒤를 돌아보지도 않은 상태에서 벼락같이 뒤를 향해 주먹을 날렸다. 방금 말한 자가 적이라고 판단한 것이다.

가까운 거리에서 주먹과 동시에 권풍을 발휘한 공격이므로 누구든지 한 대만 적중되면 즉사하거나 치명상을 면하지 못할 것이다.

"슥……."

그런데 뒤를 향해 번개같이 뻗어나가던 주먹이 갑자기 뚝 멈추었다.

"나요, 대무영."

바로 뒤쪽 나뭇가지에 대무영이 검은 인영과 똑같은 자세로 걸터앉아서 빙그레 미소 지었다.

검은 인영, 즉 소매전사는 대무영을 발견하고 깜짝 놀랐으나 자신의 주먹이 그의 가슴을 향해 뻗어가는 동작에서 멈춘 채 꼼짝도 하지 않는 것을 보고 더욱 놀랐다.

순간 그는 대무영이 무형지기를 발출하여 자신의 팔을 묶어버렸다는 사실을 깨달았다.

그리고 그것을 깨닫자마자 대무영이 무형지기를 거두어 그의 팔은 자유로워졌다.

소매전사, 즉 소매팔십칠혼은 소매곡에서 대무영을 먼발치에서 몇 번 본 적이 있으며 그에 대해서 동료들에게 이것저것 여러 정보를 얻어들은 적이 있으나 그를 이렇게 지척에서 보기는 처음이다.

소매팔십칠혼은 놀라움을 감추지 못하는 표정으로 대무영을 쳐다보았다.

추호의 기척도 없이 그의 바로 뒤 불과 두 뼘 거리 나뭇가지에 와서 앉은 것이나, 느닷없는 공격을 부드럽게 수포로 만든 솜씨로 봤을 때 대무영은 소문보다 훨씬 더 고강한 것 같았다.

"형씨는 누구요?"

대무영이 부드러운 표정으로 묻자 소매팔십칠혼은 움찔 경직했다.

"소매팔십칠혼입니다."

"이름 말이오."

"관우(關羽)입니다."

대무영은 약간 놀라는 표정을 지었다.

"그 관우 말이오?"

소매팔십칠혼 관우는 쑥쓰러운 표정을 지었다.

"그렇습니다. 아버지께서 관우처럼 훌륭한 인물이 되라고 지어주셨습니다."

"멋진 아버지시군."

불과 몇 마디 대화에 관우는 대무영에 대한 어색함이 많이 사라진 것을 느꼈다.

슥—

대무영은 아까 저녁을 먹을 때 한 병 사 갖고 온 술병을 품 속에서 꺼내서 자신이 한 모금 마시고 나서 관우에게 건네주었다.

"우리 편하게 지냅시다. 나는 이제부터 형씨를 관 형이라
고 부르겠소."

관우는 엉겁결에 술병을 받아들고 놀란 얼굴로 대무영을
바라보았다. 설마 그가 호형을 하자고 제안할 줄은 생각지도
못했었다.

"한잔하시오."

대무영이 술을 마시라고 권하자 관우는 그것이 명령이라
도 되는 듯 급히 입으로 가져가서 마시다가 사레가 들어서 심
하게 기침을 했다.

"콜록… 콜록……."

남들 눈에 띄지 않으려고 일부러 나무 위에 은신해서 숨을
죽이고 있었는데 이렇게 요란스럽게 기침이라니, 관우는 죽
고 싶은 심정이다.

탁탁탁…….

"천천히 마시지 그러오."

대무영은 관우의 등을 두드려 주면서 빙그레 친근한 미소
를 지었다.

"이 근처 오 리 이내에는 아무도 없으니까 안심해도 되오.
편하게 하시오."

대무영은 용무가 있어서 이곳에 왔으면서도 무슨 일이냐
고 묻지도 않고 마치 산책 나온 사람처럼 굴었다.

술병 하나 갖고 두 사람이 서로 주거니 받거니 하면서 마시
니까 별 말을 나누지 않아도 묘한 연대감 같은 것이 생겨서
관우는 마음이 저절로 편해졌다.

이제 술병의 술이 조금밖에 남지 않았는데도 대무영이 아
무것도 묻지 않아서 조바심이 난 관우가 먼저 본론을 조심스
레 꺼냈다.

"적사파울은 현재 북경에서 돈 긁어모으는 일에 전념하고
있습니다."

"흠, 그렇소?"

대무영은 술병을 찰랑찰랑 흔들면서 고개를 끄떡였다.

"대… 형에 대한 소문이 천하에 파다하기 때문에 아마 적
사파울도 그 소문을 들었을 것입니다."

관우는 처음으로 '대 형'이라 불러놓고서 조마조마한 마
음이 들었으나 대무영이 술을 마시면서 아무렇지도 않자 계
속 말을 이었다.

"적사파울은 개방이 감시하고 있으므로 무슨 움직임을 보
이면 즉각 알려 드리겠습니다."

"고맙소."

대무영은 조금 남은 술을 다 마시지 않고 남겨서 술병을 관
우에게 주었다.

관우는 자신도 술을 다 마시지 않고 남기려고 했는데 술병

입구를 입에 대고 술병을 기울이자 남은 술이 모두 목구멍으로 쏟아져 들어가 버렸다.

"긴밀한 일이라는 것은 무엇이오?"

대무영의 물음에 관우는 빈 병을 손에 쥐고 말해야 될 내용을 머릿속으로 정리했다.

"대 형에 대한 소문이 매우 나쁘게 퍼지고 있습니다."

"나에 대한 소문?"

대무영으로선 금시초문이다.

"원래 넉 달 전에도 그런 소문이 나돌았었는데 지금 대 형이 또다시 출현을 해서 살인을 저지르니까 최악의 상태에 이른 것 같습니다."

"자세히 설명해 주시오."

관우는 넉 달 전에 대무영이 안휘성에서 벌인 팔백여 명의 살인 때문에 강호에 퍼진 소문을 자세히 설명했다. 그리고 그 소문을 낸 곳이 천성관이라고 덧붙였다.

"그런데 지금 대 형이 다시 이곳에 출현하여 살인을 벌이니까 소문에 소문이 더해서 아주 대단합니다."

"내가 음적에 살인마라… 이것 참."

해란화를 구한 것이 음적이고, 추격자들을 어쩔 수 없이 죽인 것이 살인마라는 오명을 쓴 것이다.

"더 중요한 사실은……."

관우는 너무 엄청난 일이라서 잠시 숨을 몰아쉰 후에 다시 말을 이었다.

“무림청이 대 형을 잡기 위해서 이곳으로 모여들고 있다는 정보가 입수됐습니다.”

“무림청이?”

대무영은 어이없는 표정을 지었다. 그는 무림청의 표적이 될 만한 짓을 저지른 적이 없었다.

그런데도 무림청이 자신을 잡기 위해서 모여들고 있다니 은근히 화가 치밀었다.

물론 그런 말도 되지 않는 소문을 퍼뜨린 것은 천무천인이지만 확인도 해보지 않고 거기에 놀아나고 있는 무림청도 같잖다는 생각이 들었다.

관우는 대무영의 표정을 살피더니 조심스럽게 말했다.

“대 형, 무림청은 조심하는 게 좋습니다.”

“어째서 그렇소?”

“현재 강호의 대세는 무림청입니다. 무림청이 강호 자체라고 해도 과언이 아니지요.”

“음.”

대무영은 미간을 좁히고 침묵을 지켰다. 그는 화산 같은 성격이지만 관우의 말이 옳은 듯하기 때문에 더 들어보기로 했다.

"그러므로 무림청을 적으로 삼는 것은 강호 전체를 적으로 삼는 것이나 진배가 없습니다."

그 말이 대무영의 비위를 건드렸다.

"나는 무림청 따윈 겁나지 않소."

관우는 대무영의 다른 일면을 발견한 듯 빙그레 미소 지으며 달래듯 말했다.

"내 말은 편한 길이 있는데 구태여 험한 길로 갈 필요가 있느냐는 것입니다."

정말 편한 길이 있다면 관우의 말대로 험한 길로 갈 이유는 없다.

"편한 길이라는 게 뭐요?"

"누명을 벗는 겁니다."

"흠……."

대무영은 손으로 턱을 쓰다듬었다. 누명을 벗으면 무림청하고 대적할 필요가 없다는 것은 당연하다.

"그것은 둘째 형님의 의견이오?"

"아닙니다. 그냥 제가 주제넘게……."

관우는 수줍게 얼굴을 붉히면서 괜히 잘못 말했나 하는 표정을 지었다.

"누명을 벗는 거라……."

대무영에게 굳이 밥상을 차려서 손에 젓가락까지 쥐어줄

필요는 없다.

누명을 벗는 것이라고만 하면 그 다음은 그가 알아서 궁리하면 된다.

관우는 보고할 내용은 전부 말했기 때문에 입을 다물었고, 대무영은 깊은 생각에 잠겼다.

*　　　*　　　*

안휘성 합비에서 대무영이 감쪽같이 사라졌다.

승무단 고수들과 그 지역 방, 문파의 고수, 무사들은 대무영을 찾아내려고 혈안이 되었으나 그는 수증기가 되어 증발했는지 흔적조차 찾을 수가 없었다.

하남성 낙양.

안휘성 합비 소호 근교 송림에서 관우와 헤어진 대무영은 그 길로 곧장 삼족오로 변신하여 밤하늘을 날아 이곳 낙양에 도착했다.

합비를 떠나기 전에는 낙양까지 다녀오는데 너무 오랜 시일이 걸릴까 봐 다소 걱정을 했었다.

그런데 막상 청삼족오로 화해서 비행을 해본 결과 합비에서 낙양까지 이천오백여 리 거리를 오는데 불과 반 시진밖에 걸리지 않았다.

그것은 대무영으로서도 전혀 예상하지 못했던 결과다. 그는 합비에서 낙양까지 최소한 하루 이상은 걸릴 것이라고 예상했었다.

그는 낙양 성내의 지리는 잘 알기 때문에 곧장 무림본청으로 날아가 한적한 곳에서 다시 원래의 모습으로 환원하여 기척 없이 바닥에 내려섰다.

무림본청은 원래 침입자가 없는 곳이라서 청 내의 경계는 허술하기 짝이 없었다.

무림본청 후원에 있는 무림십오숙 중 무당파 무현자(武賢子)의 거처로 대무영은 추호의 기척도 없이 잠입했다.

무현자의 거처인 전각은 이 층으로 열 명의 무당제자와 함께 기거하고 있다.

대무영은 무인지경처럼 전각 내를 돌아다니다가 어느 방 앞에 이르렀다.

현재 전각 내에는 도합 열한 명이 있는데 지금 그가 멈춘 방 안에서 흘러나오는 기도가 가장 강했다. 그래서 그 안에 무현자가 있을 것이라고 짐작했다.

척······.

그는 문을 열고 안으로 들어갔다. 그는 무당 장문인 무학자의 제자이므로 무현자는 사숙이다. 그러므로 함부로 행동할 수가 없다.

무현자는 탁자 앞에 앉아서 책을 읽고 있다가 들어서는 대무영을 보고 담담하게 물었다.

"무량수불… 도우는 누구신가?"

무현자는 대무영이 문밖까지 접근한 사실을 모르고 있다가 그가 문을 열고 들어서자 비로소 알게 되었다.

누군가 문밖에 기척 없이 접근했다가 일부러 문을 열고 들어선다는 사실에 무현자는 상대가 절정고수일 것이라고 간파했다.

대무영은 두 손을 앞에 모아 무당파식의 합장을 하면서 공손히 허리를 굽혔다.

"이 사숙님, 소질 대무영입니다."

"아…….."

중후하고 당당한 체구와 용맹한 용모의 육십대 중반인 무현자는 낮은 탄성을 흘리면서 적잖이 놀란 얼굴로 대무영을 쳐다보다가 벌떡 자리에서 일어나 환하게 웃으면서 다가왔다.

"오오… 네가 무영이구나. 어서 오너라."

무현자는 몹시 반가운 듯 한달음에 다가와서 대무영의 손을 잡고 친히 자신이 앉았던 탁자 맞은편 의자에 앉히고 자신은 반대편에 앉았다.

대무영은 무현자의 환대에 마치 오랜 세월 객지에서 돌아다니다가 집으로 돌아온 듯한 훈훈한 기분이 들었다.

"대사형께 네 얘기는 많이 들었다. 대사형의 칭찬이 자자하더구나."

대무영은 쑥스러워서 얼굴을 붉혔다.

"사부님께선 건강하십니까?"

"대사형께선 건강하시다만……."

무현자가 말끝을 흐리자 대무영은 덜컥 불안했다.

"사부님께 무슨 일이 있습니까?"

"인석아, 자나 깨나 네 걱정 때문에 밤잠을 못 이루시는데 그게 큰일이지 무에 큰일이겠느냐?"

대무영은 가슴을 쓸어내렸다.

"휴우… 저는 또……."

무현자의 표정이 진지해졌다.

"너는 안휘성에 있다고 들었는데 여긴 웬 일이냐?"

관우가 해준 그 얘기다. 대무영이 넉 달 전에 안휘성에서 팔백여 명을 죽여 음적에 살인마가 되었다가 이번에 또다시 그곳에 나타나 이미 천오백여 명을 죽인 일이다.

관우는 자세히 설명하지 않았다. 사실 현재 강호에서는 단목검객 대무영에 대한 소문이 단연 압도적이다. 넉 달 동안

무려 이천삼백여 명을 죽인 인물은 강호의 수천 년 역사에서
도 없었던 일이다.

"그 일 때문에 왔습니다."

대무영은 진중한 표정으로 말문을 열고는 그런 소문이 퍼
지게 된 경위에 대해서 자세히 설명을 해주었다.

설명을 다 듣고 난 무현자는 탁자를 두드리며 노성을 터뜨
렸다.

"독고천성 그 망할 놈이!"

대무영은 무당파에 머물 때 사숙들에게 이 사숙 무현자의
성격이 매우 다혈질이면서 또 강직하고 정의롭다고 들었는데
그건 과장된 말이 아니었다.

무현자는 대무영의 말을 무조건 고스란히 다 믿었다. 그는
대무영을 잘 모르지만 대사형 무학자가 보증하는 제자이기
때문이다.

"그래서 해란화는 무사하냐?'

"네, 잘 있습니다."

"음, 이것은 처음부터 천화 태자 주도현이 멍청해서 벌어
진 일이로군."

대무영은 무현자가 전적으로 자신의 편을 들어주는 것이
고마워서 빙그레 미소 지었다.

"아닙니다, 이 사숙. 아마 그 친구는 선의로써 난화를 도우

려고 그랬을 겁니다."

"돕다니? 기루에 있는 기녀를 납치하는 것이 어째서 널 돕는 일이라는 말이냐?"

"그게 꼭 그런 것만은 아닙니다."

대무영은 해란화가 어떻게 해서 합비의 만희각이라는 기루에 있게 되었는지를 설명할 수밖에 없게 되었다.

설명을 다 듣고 난 무현자는 해연히 놀랐다.

"마학사가 그런 일을……."

그는 처음 듣는 애기에 고개를 설레설레 가로저었다.

"마학사, 아니, 적사파울이라는 인물이 거란인으로서 그런 만행들을 자행했다니……."

대무영은 자신의 신세에 대해서는 말하지 않았다. 무현자가 사숙이긴 하지만 어쨌든 한인이기 때문이다.

대무영은 무현자가 자신의 말을 곧이곧대로 다 믿어주는 것이 정말 고마웠다.

"무영아, 네 고생이 심했겠구나."

무현자는 주름이 자글자글한 손을 뻗어 대무영의 손을 어루만지며 위로를 해주었다.

"그런데도 무림청에서는 독고천성이 퍼뜨린 소문을 믿고 너를 응징하려고 잡아들이려 하고 있으니……."

그는 말을 흐렸다. 그런 결정을 내린 무림청의 최고 의사기

구인 무림십오숙의 한 명이 자신이기 때문이다.

그는 대무영에 대한 소문에 이어서 응징을 해야 한다는 말들이 무림청 내에서 비등할 때에도 가장 맹렬하게 대무영을 두둔했었다.

하지만 자신이 그랬었다는 사실을 대무영에게는 입도 벙긋하지 않았다.

그저 사질을 지켜주지 못한 것에 대해서 한없이 미안한 마음뿐이다.

그때 문득 무현자는 대무영이 여기까지 찾아온 데에는 그럴 만한 이유가 있을 것이라는데 생각이 미쳤다.

"네가 나를 찾아온 이유가 있느냐?"

무현자는 에둘러 말하지 않고 단도직입적으로 물었다.

대무영은 공손히 물었다.

"무림청에서 저를 잡으려고 하는 것을 중지시킬 방법이 없겠습니까?"

무현자는 난감한 표정을 지었다.

"방법이 없다. 무림십오숙이 내린 결정은 지금껏 번복된 적이 없었어. 힘이 돼주지 못해서 미안하구나."

그는 문 쪽을 향해 조용히 말했다.

"별일 아니다. 물러가라."

방에서 말소리가 들리니까 자신의 방에 있던 무당제자들

이 몰려든 것이다.

무현자는 미간을 좁혔다.

"그런데 너는 어째서 안휘성에 또 나타난 것이냐? 해란화는 이미 찾았지 않느냐?"

대무영은 눈에서 독한 빛을 뿜어냈다.

"저는 천무천인을 죽이려고 합니다."

"……."

무현자는 어이없고도 놀라는 표정으로 할 말을 잃은 듯 대무영을 쳐다보았다.

"저는 그자에게 죽을 뻔했습니다. 그것 말고도 그자는 죽어야 할 이유가 너무 많습니다."

무현자는 말없이 대무영을 뚫어지게 주시했다.

대무영은 그가 무슨 생각을 하고 있는지 짐작하고 앞질러 갔다.

"이 사숙님, 천무천인을 죽이는 일은 제가 알아서 할 테니까 무림청이 저를 귀찮게 굴지 못하게 할 방법을 알려주십시오. 부탁합니다."

대사형 무학자의 말로는 대무영의 근골이 천고의 귀재이며 학문을 배운 적이 없을 뿐이지 총명함은 어느 누구에게도 뒤지지 않는다고 극찬했었다.

그런 대무영이라면 절대로 무모한 짓은 하지 않을 것이라는 게 무현자의 생각이다.

한참이 지나서야 무현자는 무겁게 입을 뗐다.

"만약 네가 독고천성을 꺾는다면 그것은 무당파의 더없는 영광일 것이다."

이어서 잠시 뜸을 들였다가 대무영을 똑바로 주시했다.

"네가 독고천성과 일대일로 싸울 정도의 실력을 지니고 있다면 무림청에서 벗어날 방법이 하나 있다."

"무엇입니까?"

무현자는 지극히 상식적인 사람이다. 그러나 지금 대무영이 그에게 떠안긴 일은 상식적으로는 도저히 이해할 수도 진행할 수도 없는 것이다. 그럴 때는 비상식적인 것이 해답이다. 그는 진중하게 입을 열었다.

"무림청은 강호에서 오직 한 부류에게만 손을 대지 못한다. 그게 무슨 말인지 아느냐?"

대무영은 눈을 빛냈다.

"천무입니까?"

"그렇다. 무림청은 쟁천십이류에 의해서 탄생했다. 그러므로 쟁천십이류의 최고 등급인 천무에겐 절대로 손을 대서는 안 된다는 묵계(默契)가 있다."

"묵계……."

대무영은 심각한 표정을 지었다.

“내 말이 무슨 뜻인지 알겠느냐?”

“저… 이 사숙님. 묵계가 무슨 뜻입니까?”

무현자는 어이없는 표정을 지었다.

“너 천재 맞느냐?”

“제가 천재라고 누가 그랬습니까?”

“대사형이시다.”

대무영은 벌쭉 웃었다.

“그렇다면 천재 맞겠죠.”

第百八章

용쟁호투(龍爭虎鬪)

다음 날 아침. 무림청이 발칵 뒤집혔다.

이른 아침 날이 밝자마자 무림청에 정식으로 등급시험을 신청한 인물이 있는데 두 가지 이유 때문에 무림청이 뒤집어 진 것이다.

첫째, 신청자가 무림청이 응징하려고 찾고 있는 단목검객 대무영이라는 사실이다.

둘째, 대무영이 신청한 등급이 천무다.

신청자의 자격 제한은 없다. 짐승만 아니고 사람이면 누구 나 다 시험에 응시할 수 있다.

또한 일단 시험에 응시하면 그 사람이 아무리 큰 죄를 저지른 죄인이라고 해도 시험이 끝날 때까지 제재를 가할 수가 없다는 것이 무림청의 방침이다.

발칵 뒤집힌 것은 무림청뿐이다. 시험에 대해서는 결과가 나올 때까지 일체 외부에 공개하지 않는 것 또한 무림청의 방침이기 때문이다.

무림청 내의 대연무장에 이십여 명이 모여 있다.

넓은 대연무장 한가운데 칠흑 같은 흑삼을 입은 대무영이 우뚝 서 있고, 이 장 앞에는 일렬로 나란히 열다섯 명, 즉 무림십오숙이 대무영을 향해 마주 서 있다.

마주 보고 선 열여섯 명의 양쪽에는 시험의 공평성과 승부를 결정하는 시험관이 한 명씩 서 있고, 대연무장 밖에는 시험의 내용을 기록하는 기록관과 무림청의 일을 총괄하는 총관이 지켜보고 있다.

무림십오숙 중에는 어젯밤에 대무영에게 무림청의 속박에서 벗어날 수 있는 방법, 즉 시험을 통해서 천무가 되라고 가르쳐 준 무현자도 서 있다.

무림청 백여 년의 역사 중에서 천무에 도전했던 인물은 정확하게 삼십사 명이었고, 그중에서 성공하여 천무가 된 인물은 첫 번째가 초대천무인 금검천무 화무린이었고, 두 번째는

희대의 살인마 혈인천무 장도명이었다.

당금 천무인 천무천인 독고천성은 혈인천무 장도명을 꺾고 천무가 된 입지전적인 인물이다.

만약 대무영이 이 시험에 통과한다면 시험에 통과한 세 번째 천무가 될 것이다.

그렇지만 그가 천무가 될 것이라고 예상하는 사람은 단 한 명 대무영 자신뿐이다.

그에게 이 방법을 가르쳐 준 무현자마저도 절반의 가능성조차 기대하고 있지 않았다.

무림십오숙 중에서 한복판에 서 있는 황색 가사 차림의 소림장로 혜원선사(慧元禪師)가 이윽고 대무영을 주시하면서 입을 열었다.

"아미타불… 시주는 준비가 되었소?"

대무영은 대답하지 않고 고개만 가볍게 끄떡였다.

그는 이 시험에서 될 수 있으면 콩가루를 전개하지 않을 생각이다.

그 수법을 전개하면 필경 상대를 죽여야만 하기 때문이다. 어쩔 수 없는 상황이더라도 그런 최악의 경우는 피하고 싶었다.

무림십오숙은 모두 쟁천십이류의 여섯 번째 등급인 왕광의 실력이다.

그들 각자를 상대하는 것은 쉬우나 왕광이 열다섯 명이나 합공을 하면 얘기가 달라진다. 그동안 삼십이 명의 도전자가 탈락의 고배를 마신 것만 봐도 능히 짐작할 수 있는 일이다.

더구나 이들은 짧게는 십여 년에서 길게는 이십여 년 동안 왕광을 줄곧 유지하고 있다. 그것은 이들이 왕광 이상의 실력을 지니고 있다는 뜻이다.

"아미타불… 그렇다면 시작하겠소. 시주께선 전력을 다해 주시기 바라오."

'쯧쯧… 내가 전력을 다하면 당신들은 모두 죽어.'

대무영은 속으로만 혀를 찼다.

무림십오숙의 합공은 마치 해일과도 같고 산악이 붕괴하는 것처럼 가공했다.

콰아아아─

대무영을 포위한 상태에서 왼쪽으로 회전하던 무림십오숙이 어느 순간 일제히 그를 향해 무서운 속도로 쇄도하면서 공격을 퍼부었다.

무림십오숙은 구파일방과 오대문파의 장로로 이루어졌으므로 그들의 무공은 도합 열다섯 개 방, 문파의 절학이고, 또한 강호 최고 수준이다.

대무영은 일순간 당황했다. 무림십오숙의 합공이 예상했

던 것보다 훨씬 강력했다.

이 상황에서 어느 한두 명을 공격해서 성공시킨다고 해도 나머지 십삼사 명의 공격이 고스란히 그의 몸에 적중될 것은 불을 보듯 분명하다.

'공격을 무시하고 그냥 한 명씩 차근차근 해치울까?'

십오 개 방, 문파의 절학이 무시무시하게 쇄도해 오고 있는 와중에 그의 머리가 번갯불처럼 빠르게 회전했다.

'아니다. 한두 명의 공격이라면 몰라도 열 명 이상의 합공에 한꺼번에 적중되면 어떻게 될는지 나도 모른다.'

스웃……

그 순간 그의 모습이 그 자리에서 사라졌다. 일단 피하고 보자는 판단을 내리고 삼족오로 화해서 포위망 밖으로 벗어난 것이다.

그는 화산파 장로 뒤쪽으로 삼족오에서 제 모습을 찾아 내려서면서 일단 그부터 해치우기로 마음먹었다.

쿠아아앗!

그러나 그 순간 둥근 원형을 형성하고 있던 무림십오숙이 어느새 대연무장 한쪽 방향에서 대무영을 향해 학의 날개 형태를 이루고 있는 것이 아닌가.

'빠르다!'

대무영은 비단 화산파 장로의 배후를 공격할 수 없게 됐을 뿐만 아니라 또다시 합공을 당할 위기에 직면했다.

"아미타불… 십오합격(十五合擊)!"

그 순간 무림십오숙의 수장격인 소림사 혜원선사가 쩌렁한 외침을 터뜨리는 것과 동시에 학의 날개를 형성하고 있던 열다섯 명이 대무영을 향해 파도처럼 날개를 좁혀오면서 일제히 공격을 퍼부었다.

그들은 대부분 맨손으로 장력을 발휘하고 있지만 네 명은 검과 도를 사용하여 검강과 도강을 뿜어내고 있었다. 검강과 도강은 장력의 위력과 동일하게 발휘되었다.

대무영은 방금 혜원선사가 '십오합격'이라고 외친 것에 생각이 미쳤다.

그것은 열다섯 명이 합격을 한다는 뜻으로 합공과 합격은 그 의미가 분명히 다르고 생각했다.

합공은 하나의 표적을 향해서 각자 따로 공격을 한다는 뜻이고, 합격은 말 그대로 열다섯 개의 공격을 하나로 모은다는 뜻이다.

아니나 다를까. 열다섯 명이 일제히 퍼부은 공격의 방향이 달랐다. 대무영에게 공격하고 있는 것이 아니다.

한복판에서 빠른 속도로 쇄도하는 혜원선사의 쌍장은 대무영을 향하고 있다.

그런데 다른 열네 명의 공격은 비스듬히 혜원선사의 쌍장을 향하고 있었다.

즉, 이것은 혜원선사의 쌍장에 열네 명의 공격이 합쳐지고 있는 것이다.

열다섯 명이 전력으로 발출한 공력이 합쳐진 공격에 적중당하게 된다면 아무리 대무영이라고 해도 그로써 절단 나고 말 것이다.

'이건 방법이 없다!'

그런 사실을 직감한 대무영은 어쩔 수 없이 콩가루를 전개할 수밖에 없다고 판단했다.

하지만 콩가루가 열다섯 명의 왕광 같지 않은 왕광을 한꺼번에 물리칠 수 있을지는 미지수다. 그렇지만 지금은 방법이 그것뿐이다.

'죽기 아니면 살기다!'

그는 어금니를 힘껏 악물고 찰나지간 온몸을 움츠렸다가 활짝 펼쳤다.

그 순간 그의 의지에 따라서 체내의 모든 공력이 실린 콩가루가 발출되었다. 물론 무형무음이다. 콩가루는 열다섯 공력이 하나로 모여서 쇄도하고 있는 합격을 향해 곧장 뿜어져 갔다.

쫘드드등—!

다음 순간 대연무장에 하늘이 무너지고 땅이 꺼지는 천번

지복의 굉음이 터졌다.

쿠콰콰쾅! 퍼퍼퍼퍽! 우지직!

뒤를 이어서 대연무장 사방에서 요란한 소리가 터지면서 한 치 앞이 보이지 않는 짙은 흙먼지가 일어났다.

"으으으……"

"으음……"

흙먼지 속 여기저기에서 고통스러운 신음 소리가 들려왔다.

잠시 후에 뽀얀 흙먼지가 가라앉자 장내의 처참한 광경이 드러났다.

대연무장에 서 있는 사람은 대무영 혼자뿐이고 무림십오숙의 모습은 보이지 않았다.

뿐만 아니라 시험관이나 기록관 총관의 모습도 사라졌다. 오로지 대무영 혼자만 서 있는 것이다.

그렇지만 대무영도 성한 상태는 아니다. 옷이 갈가리 찢어졌으며 머리카락이 풀어져 산발했고 입과 코에서 가느다란 피가 흘러내리고 있었다.

천하무적 콩가루라고는 하지만 무림십오숙의 합격을 정면으로 반격했기 때문에 무사할 리가 없다.

그렇지만 치명적인 내상을 입은 것은 아니다. 단지 기혈이 크게 뒤틀렸을 뿐이다.

대연무장 사방에 있던 전각들은 마치 엄청난 태풍에 당한 것처럼 완전히 허물어진 광경이다.

그리고 그곳에 무림십오숙이 처박혀 있었다. 어떤 사람은 무너진 전각 더미에 깔렸고 또 어떤 사람은 몸이 벽 속에 절반 이상 박힌 모습이다.

장내의 상황이 정리되는 데는 반 시진 이상이나 걸렸다. 다행히 무림십오숙이나 시험관 중에서 죽은 사람은 아무도 없었다.

그렇다고는 해도 모두 성한 몸이 아니다. 심한 경우에는 최소한 한 달 이상 자리보전하고 누워 있어야 할 정도다.

간신히 정신을 수습한 시험관이 두려운 표정으로 대무영을 보면서 한쪽 팔을 들어 올렸다.

"합격!"

*　　　*　　　*

태산 천성관.

하남성 낙양에서 사천 리 이상 떨어져 있는 이곳에는 아직 쟁천십이류 제사대 천무의 탄생이 전해지지 않았다. 가장 빠른 방법이라고 해도 최소한 이틀 후에나 그 소식이 이곳에 전해질 것이다.

오늘 아침에 천성관은 어느 때보다 분주했다. 대명제국의 영화 공주가 찾아왔기 때문이다.

그녀 주지화는 천무천인의 셋째제자로서가 아닌 영화 공주의 신분으로 천성관에 찾아왔다.

칠흑처럼 검은 천리마 위에 황궁의 정식 복장을 입고 도도한 모습으로 앉아 있는 그녀의 좌우와 뒤에는 수많은 황궁고수와 동창, 서창의 고수들, 그리고 황군들이 따르고 있으며, 그 수는 족히 천 명이 넘을 듯했다.

천성관은 전문을 활짝 열고 천무천인 이하 모든 문하제자가 전문 밖까지 나와서 최고의 예우로써 영화 공주 일행을 맞이했다.

다각다각…….

모든 사람이 다 부복을 했으나 천무천인 혼자만 선 채 깊숙이 허리를 굽히고 있는 앞쪽을 영화 공주 주지화가 탄 천리마가 말발굽을 울리며 지나갔다.

주지화는 천무천인에게 시선조차 주지 않았다.

넓고 아름다운 인공 연못 한가운데에 위치한 정자에 주지화와 천무천인이 있다.

주지화는 의자에 앉아 있고 탁자 너머에 천무천인이 서 있는 광경이다.

주지화는 싸늘한 표정으로 천무천인을 쏘아보고 있다.

"당신은 어째서 여전히 대무영을 괴롭히고 있는 건가요? 내 명령을 거역하는 건가요?"

그녀는 천무천인을 더 이상 사부라고 부르지도 않았다. 그녀는 지난 넉 달 동안 대무영을 찾으려고 황궁에서 동원할 수 있는 모든 인원을 풀어 백방으로 수소문했었으나 아무런 소득이 없었다.

그녀는 이대로 영원히 대무영을 만나지 못할 것이라는 절망감에 빠져서 인일폐식(因噎廢食), 말 그대로 슬픔에 목이 메어 식사조차 제대로 하지 못하면서 절망의 나날을 보내야만 했었다.

그녀가 목숨을 바쳐서 사랑하는 사람은 천하에 오직 대무영 한 사람뿐이다. 그를 위해서라면, 그의 여자가 될 수만 있다면 모든 것을 다 버리고 또 모든 것을 다 희생할 준비가 되어 있다.

지난번에 그녀는 황제이신 부친이 병환 중인데도 불구하고 직접 천무천인에게 찾아와서 대무영에게서 손을 떼라고 영화 공주로서 명령을 내렸었다.

그 이후 그녀는 자금성으로 돌아갔지만 황궁고수들을 천성관과 안휘성 곳곳에 남겨두어 천무천인을 감시하는 한편 대무영을 찾도록 했었다.

그 이후 죽음을 향해 빠른 속도로 추락하고 있는 황제 곁에 오빠 주도현과 함께 머물고 있는 그녀에게 황궁고수들의 보고가 속속 전해졌다.

안휘성 남부지역에서 승무단 고수들과 그 지역 방, 문파의 고수, 무사 수만 명이 동원되어 여전히 대무영을 사냥감 몰듯이 추적하고 있다는 내용이 전부였다.

그러나 대무영이 어디에 있으며 어떤 상황에 처해 있다는 구체적인 내용은 없었다.

그런데도 주지화는 자금성에서 나올 수가 없었다. 황제의 임종이 목전에 이르렀기 때문이었다.

그리고 결국 황제는 승하하셨으며 한 달 후에 그녀의 오빠 천화 태자 주도현이 새로운 황제에 즉위했었다.

선황의 투병과 승하, 그리고 새로운 황제의 즉위 등 눈코 뜰 새 없이 바쁜 나날을 보내고 있는 중에도 황궁고수들의 보고는 속속 날아들었다.

그리고 마침내 대무영이 다시 안휘성에 나타났으며 천성관이 또다시 그를 핍박하고 있다는 보고를 받고서 그녀는 서둘러 이곳으로 달려온 것이다.

천무천인은 다 알고서 힐문하는 주지화에게 더 이상 거짓말은 통하지 않는다고 생각했다.

“공주, 대무영은 헌아를 죽였을 뿐만 아니라 정아를 납치해 갔소.”

그는 너무 억울하다는 듯 두 팔을 벌려 보이면서 참담한 표정을 지었다.

“헌아는 공주의 대사형이고 정아는 사저외다! 그런데도 공주는 오히려 대무영만 두둔하고 계시는구려!”

그는 오히려 피해자는 자신인데 어째서 주지화가 악랄한 대무영 편만 드느냐고 항의했다.

“공주도 한 번 이 사부의 입장이 되어 생각해 보시오. 졸지에 헌아와 정아를 잃은 사부의 참담한 심정을 말이오. 그런데 셋째제자인 공주마저 사부를 꾸짖으시니 도대체 나는 누구에게 이 원통함을 호소하겠소?”

선풍도골이며 임풍옥수의 헌앙한 천무천인이 절절히 피를 토하듯 하소연하자 주지화도 한풀 꺾였다.

“사부의 마음을 이해하지 못하는 것은 아니에요.”

한풀 꺾이더라도 마음마저 꺾인 것은 아니다.

“그렇더라도 더 이상 대무영을 핍박하는 것은 용서하지 않겠어요.”

“공주…….”

주지화는 천무천인의 말이 더 이상 귀에 들어오지 않았다. 그가 알고 있는 대무영은 여자를 납치하고 이유 없이 수천 명을 죽일 살인마가 절대로 아니다.

인공 호수 곳곳에 황궁고수 수백 명이 경계를 서고 있는 광경이 그녀의 눈에 들어왔다.

그녀는 이제 마지막으로 천무천인에게 따끔한 경고를 하고 이곳을 떠나야겠다고 생각했다. 이제부터는 자신이 직접 나서서 대무영을 찾아볼 계획이다.

그런데 그녀의 내심을 읽은 천무천인은 최강수로 나갔다.

"공주께서 아무리 그리 말씀하셔도 나는 절대로 놈을 포기할 수 없소."

"당신이 감히……."

"이것은 나를 위해서 아니라 강호와 천하, 그리고 공주를 위함이오."

그는 열정적으로 말을 이었다.

"공주는 대무영이라는 놈을 모르오. 그놈은 여자라면 사족을 못 쓰는 음적이고 아무 이유도 없이 사람을 죽이는 살인마일 뿐이오."

"으하하하! 독고천성! 지금 너에 대해서 말하는 것이냐?"

그런데 그때 갑자기 정자 지붕 위에서 해맑고 낭랑한 웃음소리가 터졌다.

"아……."

주지화는 그 목소리의 주인이 대무영이라는 사실을 즉시

알아차리고 발딱 일어나 정자 밖 운교로 나왔다.

그리고 정자 위쪽을 올려다보던 그녀의 두 눈에서 기쁨의 눈물이 왈칵 쏟아졌다.

"영랑!"

정자 지붕 십여 장 높이에서 대무영이 우뚝 선 자세로 옷자락을 펄럭이면서 흡사 천신인 양 하강하고 있는 모습을 발견한 것이다.

"아아… 영랑… 당신 맞죠? 영랑이죠?"

주지화는 눈물범벅이 되어 기뻐서 어쩔 줄 몰랐다. 살아만 있으면 만날 사람은 다 만난다더니 그 말이 맞았다.

대무영은 주지화 옆에 사뿐히 내려서서 빙그레 미소를 지으며 그녀를 굽어보았다.

"화야, 이제 기억을 찾았느냐?"

주지화는 너무도 눈에 익은 그의 미소를 보고 눈물을 그치지 못했다.

"네에… 영랑……."

대무영은 그녀의 머리를 쓰다듬었다.

"많이 보고 싶었다."

"으아앙! 영랑!"

그녀는 어린아이처럼 울음을 터뜨리며 대무영에게 달려들어 안겼다.

　공주의 체면이고 뭐고 다 필요가 없다. 대무영 앞에서의 그녀는 한낱 어린아이일 뿐이다.

　예전에 비해서 체구가 더 커진 대무영에 비해서 가냘픈 그녀는 정말 어린아이 같았다.

　대무영은 왼팔로 그녀의 허리를 안고 등을 쓰다듬으며 미소 지었다.

　"언제나 씩씩한 녀석이 울긴 왜 우느냐?"

　"엉엉! 몰라요! 영랑 때문이에요……."

　그녀는 다시는 놓치지 않으려는 듯 두 팔로 그의 허리를 결사적으로 끌어안았다.

　"어?"

　갑자기 대무영이 움찔했다.

　"왜 그래요?"

　놀란 주지화는 그의 얼굴을 올려다보았다.

　대무영은 짐짓 놀란 표정을 지었다.

　"너 엉덩이 커졌구나."

　주지화는 그가 자신의 둔부를 어루만지고 있다는 사실을 그제야 깨닫고 배시시 수줍은 미소를 지으며 그에게 다시 안겨 들었다.

　"그거 영랑 거예요."

　두 사람이 재회의 기쁨을 나누고 있을 때 정자 안에서 천무천인이 천천히 걸어 나왔다.

그는 두 사람의 재회를 방해할 생각이 추호도 없다. 자신이 마음만 먹으면 언제든지 대무영을 제압하거나 죽일 수 있을 것이라고 확신하기 때문이다.

"대무영."

천무천인은 다섯 걸음 거리에 멈추고 나서 분노를 삭이듯 낮은 목소리로 말했다.

대무영은 왼팔로 주지화를 안은 채 천무천인을 주시하며 비웃음을 흘렸다.

"독고천성, 네가 무공을 폐지시키고 내쫓은 나운정은 내가 데려갔다."

"사부가 사저의 무공을 폐지시키고 내쫓았다고요?"

대무영 품속의 주지화는 깜짝 놀랐다.

"마지막 순간에 정아가 자신의 목숨을 돌보지 않고 저자를 막지 않았으면 나는 그때 죽었겠지. 저자는 그 분풀이를 정아에게 한 것이다."

"어떻게 그런……."

대무영의 설명에 주지화는 놀라움을 금치 못했다.

그는 주지화의 엉덩이를 토닥거렸다.

"화야, 너는 잠시 물러나 있어라. 나는 잠시 저자와 끝낼 일이 있다."

"영랑. 사부… 아니, 저자와 싸우면 안 돼요. 저자는……."

주지화는 어느 누구보다도 천무천인의 실력을 잘 알기 때문에 대무영이 그의 상대가 되지 못할 것이라고 생각해서 겁에 질렸다.

슥…….

대무영은 품속에서 하나의 물건을 꺼내 주지화에게 건네주며 웃었다.

"하하하! 이게 무엇이냐?"

주지화는 자신의 눈앞에서 흔들리는 금빛 찬란한 물체를 바라보았다.

그것은 전체가 황금으로 만들어졌으며 한복판에 불쑥 튀어나온 양각(陽刻)된 두 글자가 있는데 '天武' 라고 새겨져 있었다. 또한 오른쪽에는 세로로 '爭天十二流' 왼쪽에는 '武林太平' 이라고 새겨졌다.

주지화는 눈을 휘둥그렇게 떴다. 그녀는 예전에 천무천인의 천무증패를 본 적이 있었다.

"이것은… 천무증패가 아닌가요?"

"그래."

"영랑… 천무가 됐어요?"

대무영은 빙그레 미소 지으며 고개를 끄떡였다.

"오늘 아침에 낙양 무림본청에서 시험을 봤다."

"아아… 어떻게 이런 일이……."

주지화는 기쁨과 흥분을 감추지 못했다. 그녀는 너무 흥분한 나머지 한 가지 중요한 사실을 간과했다. 대무영이 오늘 아침에 낙양에 있었는데 지금 늦은 아침에는 이곳에 있다는 사실이다.

"자, 그러니까 너는 안심하고 저만치 가서 기다려라."

대무영은 천무증패를 만지작거리고 있는 주지화를 품에서 떼어내고 궁둥이를 두드려 밀어냈다.

"영랑……."

그러나 주지화는 발걸음이 떨어지지 않아서 머뭇거렸다.

"화야, 내 말 잘 들으면 널 내 부인으로 거두어주마."

"네!"

주지화의 다음 말은 이십여 장 밖에서 들려왔다.

"그 약속 꼭 지켜야 해요!"

대무영과 천무천인은 더 이상 나눌 말이 없었다. 두 사람의 목적은 상대를 죽이는 것이기 때문이다.

천무천인은 조금 전에 대무영이 보여준 천무증패가 가짜라고 믿었다.

아무리 좋게 생각을 해봐도 대무영이 천무가 됐을 리가 없기 때문이다.

천무천인이 싸워본 바로는 대무영은 천무의 실력에 훨씬 미치지 못했었다.

모든 것을 다 믿는다고 해도 믿을 수 없는 한 가지가 있다. 대무영이 오늘 아침에 낙양 무림본청에서 시험에 통과하여 천무가 됐다는 말이다.

천무천인이라고 해도 낙양에서 이곳까지 경공술의 최고봉인 육지비행술이나 어기비행술을 전개하더라도 족히 하루가 꼬박 걸린다.

그러므로 천무천인은 대무영이 음적에 살인마, 게다가 거짓말쟁이라고 결론을 내렸다.

음적에 살인마, 거짓말쟁이가 천무천인을 주시하면서 입을 열었다.

"독고천성, 죽을 준비가 됐느냐?"

천무천인은 대무영이 가소로워서 죽을 지경이다. 그는 대무영하고 싸우는 것보다 그를 죽인 후에 주지화가 어떻게 나올지, 그리고 그녀에 대해서 어떻게 대처할지에 대해서 고민했다.

"대무영, 너는 어떻게 죽고 싶은지 말하라."

어떤 식으로 싸울 것인지 방법을 묻는 것이다.

"일 초식으로 끝장을 내자."

대무영의 기고만장한 대답에 천무천인은 가소롭다 못해서

기가 막혔다.

그가 알고 있는 대무영은 일 초식이 아니라 반 초식 거리도 되지 못한다.

그러거나 말거나 대무영은 진중한 표정으로 덧붙였다.

"질질 끌 것 없이 각자 전력으로 초식을 발휘하여 단번에 정면승부를 내는 것이다."

원래 그는 천무천인하고 싸워서 승리한다는 확신을 갖고 있지 않았었다.

그런데 우연찮게 낙양 무림본청에서 천무 등급시험을 보게 됐으며, 그 결과 무림십오숙을 단번에 제압하게 되자 이 정도라면 천무천인하고도 싸워볼 만하다고 웬만큼 자신감을 갖게 되었다.

지금 그가 일 초식으로 승부를 내자고 하는 데에는 다 그럴 만한 이유가 있다.

천무천인은 산전수전 두루 겪은 늙은 여우다. 한마디로 싸움에는 귀신이라는 뜻이다.

게다가 그는 천하제일인이다. 늙은 여우일 뿐만 아니라 한 마리 전설의 창룡인 것이다.

그러므로 이 싸움은 대무영이 전적으로 불리할 수밖에 없다. 그의 싸움 경험이라고 해봤자 최강자가 백당이었으며 그것도 순식간에 끝나 버렸었다. 더욱이 백당하고 천무천인하고는 비교할 수가 없다.

그렇기 때문에 자꾸 천무천인의 심기를 자극하여 규칙을 정하려는 것이다.

대무영이 자랑하는 것은 콩가루다. 그 외의 수법으로는 천무천인을 잡을 수도 이길 수도 없다.

그런 상황에서 이기려면 일 초식 정면 승부밖에 없다고 판단한 것이다.

"좋도록 해라."

천무천인은 어떤 방법으로든 대무영을 이길 수 있다는 듯 여유 있게 고개를 끄떡였다.

대무영에겐 또 하나의 호재가 있다. 천무천인이 그를 형편없는 놈으로 과소평가하고 있다는 사실이다. 그것을 최대한 이용해야 한다.

야비하고 비겁한 것을 따질 상황이 아니다. 더구나 대무영은 원래 그런 건 따지지 않고 무조건 이겨야만 한다고 생각하는 성격이다.

"독고천성, 경고하는데 치사하게 도망치거나 내 일장을 피하지 말기를 바란다."

그는 천무천인의 비위를 건드렸다.

천무천인은 미간을 좁히고 귀찮은 표정을 지었다.

"네놈은 언제까지 입으로 싸울 셈이냐?"

“나는 언제든지 싸울 준비가 되어 있다. 네까짓 놈 죽이는 데 무슨 준비가 필요하겠는가? 하하하하!”

천무천인은 대무영을 일장에 죽이려던 계획을 수정했다. 제압해서 무공을 폐지시켜 놓고 두고두고 괴롭혀야겠다는 생각이 들었다.

“이놈!”

그 순간 천무천인이 그 자리에 우뚝 선 자세로 벼락같이 오른손을 뒤집었다.

무형무음의 천인강이 발출되었다. 이미 그것에 두 번이나 당했던 대무영이라서 정신을 바짝 차렸다.

‘걸렸다!’

만반의 준비를 갖추고 있던 대무영은 그 즉시 체내의 모든 공력과 기운을 쏟아냈다.

손을 뻗을 필요도 없다. 그저 그의 의지에 따라서 온몸에서 그의 외공기와 청, 적삼족오의 기운, 그리고 나운정의 내공기까지 한꺼번에 발출되었다.

쩌쩌쩡—

“크악!”

그런데 뭐가 잘못됐다. 두 개의 천인강이 격돌하여 굉음과 함께 그는 가슴이 뻥 뚫리는 듯한 엄청난 충격을 받고 뒤로 쏜살같이 날아갔다.

“악! 영랑!”

몽롱하게 꺼져가는 정신으로 그는 주지화의 날카로운 비명 소리를 들었다.

뒤이어서 누군가 자신을 부드럽게 안고 바닥에 내려서는 느낌이 들었으며 주지화의 울음소리가 들렸다.

“으흐흑! 영랑! 죽지 말아요! 영랑!”

‘제길… 역시 나로서는 안 되는 건가? 천무천인… 더럽게 고강하구나…….’

속으로 투덜거리면서 혼절하려는데 주지화의 부드러운 입술이 그의 입술을 덮더니 입을 통해서 부드러운 진기가 도도한 강물처럼 흘러 들어왔다.

그 덕분에 그는 꺼져 가던 정신이 번쩍 들었으며 눈을 뜰 수 있게 되었다.

“그자는 어떻게 됐느냐?”

정신을 차리자마자 그의 첫마디다.

“그는 저기에 있어요.”

정자로 이어진 운교 바닥에 앉아 있는 주지화의 품에 안긴 상태에서 대무영은 정자를 등지고 우뚝 서 있는 천무천인을 발견했다.

“안타깝지만 영랑이 패했어요.”

누가 보더라도 이것은 대무영의 명백한 패배다. 주지화는 너무도 억울하다는 듯 닭똥 같은 눈물을 펑펑 흘리며 그의 얼굴을 쓰다듬었다.

"대무영, 너 어떻게 천인강을 배웠느냐?"

그때 천무천인이 근엄한 얼굴로 대무영을 쏘아보며 물었다.

"그것은……."

대무영은 쓰디쓴 표정을 지었다. 이제는 천무천인의 손에 죽는 일만 남았기 때문이다.

퍽!

그런데 그가 쳐다보고 있는 상황에서 느닷없이 천무천인의 몸이 폭발해 버렸다.

"아……."

주지화는 대경실색하여 눈을 동그랗게 떴고, 대무영은 자신도 모르게 벌떡 일어섰다.

그 순간 그는 최초에 콩가루를 전개하여 바위를 가루로 만들었던 일이 떠올랐다.

그때 바위는 한동안 끄떡없이 서 있어서 대무영을 실망시켰다가 잠시 후에 박살 났었다. 지금도 그때처럼 똑같은 상황이 벌어진 것이다.

"내가… 천무천인을 이기다니……."

이기려고, 그를 죽이려고 이곳에 왔는데도 막상 그 일이 현실로 나타나자 믿어지지 않았다.

"맙소사……."

덜렁대고 대범한 성격의 그로서도 이런 상황에서는 너무 놀라고 벅차서 뭐라고 말을 할 수가 없다.

주지화가 기쁨의 눈물을 흘리면서 그에게 와락 안겼다.

"영랑이 이겼어요!"

그녀가 이처럼 기뻐하는 이유는 따로 있었다.

"저는 이제 영랑의 부인이 될 거예요!"

第百九章
위대한 나라 조선(朝鮮)

북경 자금성.

대무영은 과거 친구였으며 이제는 대명제국의 황제, 즉 가정제(嘉靖帝)와 마주 앉아 있다.

"대 형, 자넨 대륙에서 유일하게 나를 황제로 대하지 않아도 되는 사람일세."

대무영은 황제가 된 주도현을 도대체 어떻게 대해야 하는지 좌불안석하다가 그제야 마음이 놓였다.

"예전처럼 대해도 괜찮다는 말인가?"

그가 다시 한 번 확인을 하자 황제의 복장을 벗고 평범한 비단 장삼을 입고 있는 주도현은 빙그레 미소 지으며 고개를 끄떡였다.

"그렇네."

그러자 대무영이 벌떡 일어나 소매를 걷어붙이면서 콧김을 뿜어냈다.

"잘 만났다! 너 이놈의 자식! 감히 내 여자를 건드려? 너 오늘 죽어봐라!"

주도현이 해란화를 데리고 갔던 일을 말하는 것이다.

차차창!

이 방에는 대무영과 주도현, 그리고 대무영 옆에 다소곳이 앉아 있는 주지화 세 사람뿐이지만, 밖에 있던 황궁 최고수들이 방금 대무영의 고함 소리를 듣고 도검을 뽑으면서 바람처럼 달려 들어왔다.

"물러가라!"

대무영에게 멱살을 잡힌 주도현은 손을 내저으며 황궁고수들을 내쫓았다.

"대 형, 그건 내가 정말 잘못했네."

대명제국의 황제인 주도현은 멱살이 잡힌 상태에서 진심 어린 표정으로 잘못을 인정했다.

그렇지만 대무영은 분이 풀리지 않는 듯 으르딱딱거렸다.

"그게 잘못했다는 말 한마디로 해결될 일이냐? 그것 때문

에 해란화가 얼마나 고생을 했는지 알아? 더구나 나는 두 번
이나 죽을 뻔했어!"

주도현은 멱살을 잡힌 것 때문에 피가 몰려 얼굴이 붉어져
서 몹시 미안해했다.

"대 형, 대체 내가 어떻게 하면 화가 풀리겠나? 무엇이든
말해보게."

대무영의 눈이 빛났다. 걸려들었다, 하는 표정이다.

"두 가지 요구가 있는데 들어줄 텐가?"

"그러겠네."

일 단계 작전이 성공한 대무영은 짐짓 못이기는 체 멱살을
놓아주고 자리에 앉았다. 그리고는 언제 그랬냐는 듯 너스레
를 떨었다.

"주 형, 해란화 예쁘지?"

주도현은 고개를 끄떡였다.

"합비에서 처음 그녀를 보는 순간 눈이 멀어버리는 줄 알
았었네. 오죽하면 내가 첫눈에 반해서 그녀를 데려갈 생각을
했겠는가."

대무영은 뻐기듯 어깨를 으쓱이며 말했다.

"하하! 그녀가 내 마누라야!"

"부럽네. 정말……"

황제는 정말로 부러운 표정을 지었다.

다소곳이 앉아 있는 주지화가 뭐 잊은 것이 없느냐는 듯이 갑자기 팔꿈치로 옆구리를 찌르자 대무영은 그제야 본론이 생각났다.

"화야를 내게 주게."

"자네에겐 해란화가 있으니까 그렇다면 화야는 자네의 후처가 되는 것인가?"

"후처?"

"두 번째 부인이라는 뜻이에요."

무식한 대무영을 위해서 주지화가 얌전하게 설명하자 그는 고개를 가로저었다.

"아닐세. 화야는 가만 있자… 몇 번째지?"

그는 말하다 말고 손가락을 꼽았다.

"여덟 번째 부인이 될 거야."

"뭐시라? 그럼 해란화 말고 부인이 더 있다는 말인가? 대체 그녀들이 누군가?"

"에… 그러니까 유조, 소연, 도해, 서가, 파로, 나운정일세."

주도현은 어이가 없어서 입을 딱 벌렸다. 그로서는 유조와 소연, 도해는 모르지만 서가와 파로, 나운정이 누군지는 알고 있다.

"천하제일미를 다툰다는 그 서가와 파로 말인가?"

대무영은 침을 흘리며 희희낙락하며 뻐겼다.

"천하제일미인지는 모르겠고, 하여튼 무지하게 예쁘네. 그리고 밤에는 더 환장하게 잘한다네. 파로는 절대복종이고 서가는 아유… 고년."

대무영은 생각만 해도 회가 동한다는 듯 몸을 비틀었다.

"나운정이라면 화야의 사저인 그 나운정인가? 그녀도 절색미녀던데……."

"하하하! 그래, 그녀 맞아. 예쁘긴 예쁘지."

마누라들이 예쁘다는 칭찬에 대무영은 바보처럼 웃었다.

주도현은 냉정하게 말했다.

"그러나 황제의 누이동생을 자네의 여덟 번째 부인으로 보낼 수는 없네."

"정말인가?"

"정말이네."

대무영은 선선히 고개를 끄떡였다.

"그렇다면 내가 양보하지."

주도현은 반색했다.

"그래주겠나?"

"화야를 포기하겠네."

"……."

대무영이 이렇게 나올 줄은 예상하지 못했던 주도현은 뒷

머리를 얻어맞은 듯한 표정을 지었다.

갑자기 주지화가 대성통곡을 하면서 울부짖었다.

"으아앙! 여덟 번째면 어떻고 아홉 번째면 어때요? 오라버니는 하나뿐인 누이동생이 평생 과부로 살다가 죽는 꼴을 보고 싶은 건가요?"

"화야……."

"영영! 저는 영랑 없이는 죽은 목숨이에요! 그의 부인이 되지 못할 바에는 이 자리에서 죽어버릴 거예요!"

주도현은 주지화가 이렇게까지 대무영에게 목을 매고 있을 줄은 모르고 있었다.

"알았다. 허락하마."

주도현은 하는 수 없이 고개를 끄떡였다. 하나뿐인 누이동생이 자결을 하는 모습을 보는 것보다는 대무영의 여덟 번째 부인이 되는 쪽을 택한 것이다.

"으흐흑! 영랑……."

주지화는 쓰러지듯이 대무영에게 안기면서 울음을 터뜨렸다.

대무영은 그녀를 안고 둔부를 두드리며 달래다가 무슨 생각이 났는지 주도현을 보고 벌쭉 웃었다.

"주 형, 자네 화야 궁둥이가 얼마나 탐스러운지 아나?"

탁!

"대 형! 지금 그게 오라비 앞에서 할 소린가?"

황궁의 부귀영화보다는 사랑하는 대무영이 궁둥이를 어루만져주는 것이 훨씬 더 좋은 주지화는 또다시 울먹였다.

"오라버님. 영랑에게 소리치지 마세요… 흑……."

"아… 알았다."

주도현은 진땀을 흘렸다.

긴 시간에 걸쳐서 대무영은 자신의 처지와 적사파울에 대해서 자세히 설명했다.

천성적으로 눌변(訥辯)인 대무영이지만 열성적인 설명이라서 주도현은 정확하게 알아들었다.

대무영은 자신의 처지, 즉 자신이 고구려의 후예이며 발해 왕자라는 사실과 현재 중원에서 멀리 떨어진 모처에 고구려 국가를 세우기 위해서 중원에서 살고 있는 고구려인들이 운집하고 있다는 사실을 솔직하게 털어놓았다.

그가 이런 설명을 하는 것은 언젠가는 향격리랍이 외부에 드러날 테고, 그렇게 되면 대명제국과의 대립이 불가피해지기 때문에 그때 가서 사태가 악화되는 것을 막기 위해 사전에 미리 포석을 깔아두려는 계획이다.

즉, 주도현에게 새로운 고구려 국가를 인정해 달라는 것과 서로 침범하지 말자는 요구를 하려는 것이다.

그가 적사파울에 앞서서 주도현을 찾아온 것도 다 그 때문
이었다.

주도현은 적잖이 놀란 표정으로 설명을 다 듣고서도 오랫
동안 아무 말도 하지 않았다.

그로서는 굉장한 충격이다. 대무영이 이끄는 고구려인들
이 새로운 나라를 세우려 한다는 것과, 적사파울이라는 인물
이 거란인을 모아 그들 역시 새로운 거란국을 세운다는 것이
아닌가.

이것은 대무영하고의 우정이 걸린 문제가 아니다. 지금 주
도현은 친구가 아닌 대명제국의 황제가 되어 있었다. 그는 한
참 만에 가라앉은 목소리로 입을 열었다.

"새로운 고구려 국가가 세워질 곳은 어디인가? 중원인가?"

그것이 초미의 관심사다. 만약 대명제국의 영토 안에 새로
운 고구려 국가가 세워진다면 주도현으로서는 용납하기가 어
려운 일이다.

"아닐세. 대명제국의 영토 밖이며 명나라와 토번국 사이에
있는 버려진 땅이야."

"아……."

조마조마하던 주지화가 긴 안도의 한숨을 내쉬었다. 주도
현 역시 눈에 띠게 안도하는 표정을 지었다.

"대 형이 발해 왕족의 후손이며 새로운 고구려의 왕이 될

것이라는 사실은 놀라운 일일세."

주도현은 침착하려고 애쓰면서 말을 이었다.

"대 형의 고구려국이 대명제국의 영토 밖에 세워진다면 나로선 진심으로 환영하고 축하하네."

대무영은 환한 표정을 지었다.

"고맙네, 주 형."

"그런데 거란국이 세워지고 있는 장소는 어딘가?"

"내가 알기로는 신강(新疆)일세."

순간 주도현의 안색이 확 변했다. 신강이라면 엄연히 대명제국의 영토이기 때문이다.

*   *   *

요즘 적사파울은 극도로 몸을 사리고 있다. 수백 년 동안 모든 거란인이 꿈꿔왔던 새로운 거란국이 거의 완성되어 가고 있기 때문이다.

여북하면 그토록 죽이고 싶어 하던 대무영이 북경에서 멀지 않은 안휘성을 휘젓고 다닌다는 보고를 받고서도 그를 죽이러 갈 여유가 없겠는가.

거란국을 탑을 쌓는 것에 비유하자면 지금은 탑이 다 완성되어 맨 꼭대기에 뾰족한 첨탑을 세우기만 하면 되는 상황이다.

그런 상황에 벌레만도 못한 대무영이라는 놈을 죽이려다가 자칫 화근이 돼버릴 수도 있다.

더구나 정보에 의하면 영화 공주가 대무영을 죽자 사자 사랑하고 있으며, 얼마 전에 황제의 위에 오른 황제 주도현마저도 대무영의 막역한 친구라고 하지 않는가.

그러나 무엇보다도 적사파울이 지금 촉각을 곤두세우고 있는 일은 대무영이 쟁천십이류의 최고봉인 천무천인을 죽였다는 믿어지지 않는 사실이었다.

그것뿐이라면 그나마 다행일 텐데 대무영이 그 직후에 영화 공주와 함께 자금성에 들어갔다는 것이다.

그제야 적사파울은 자신이 대무영에 대해서 알고 있는 것이 거의 없다는 사실을 깨달았다.

그가 마학사 시절에 돈을 벌기 위한 일환으로 만났었던 대무영은 산에서 막 내려온 아무것도 모르는 무식한 놈인데다 혈혈단신 외톨이였었다.

그 당시의 대무영은 돈 벌기에 혈안인 마학사가 이용해 먹기 딱 좋은 놈이었다. 그래서 대무영을 이용하여 최대한 돈벌이를 했으며 늘 그랬듯이 마지막에 쓸모가 없어지자 거금을 받고 죽여 버렸었다. 그리고는 머릿속에서 그에 대한 기억을 깨끗이 지웠다.

그랬었던 대무영을 꽤 오랜 세월이 흐른 후에 다시 기억 속에서 끄집어낸 것은 적사파울의 전 재산을 감춰놓은 남북금창이 차례로 털렸을 때였다.

하지만 그때도 대무영이 남북금창을 털었을 것이라는 가능성은 일 할, 아니, 일 푼도 되지 않았었다. 다만 반사적으로 대무영이 떠올랐을 뿐이다. 그때 왜 대무영이 떠올랐는지는 지금도 숙제로 남아 있다.

이후에도 사랑하는 두 딸 적아와 적명이 죽었을 때, 그리고 보천기집의 본거지인 항주 명야루의 보천사가가 깡그리 털렸을 때에도 대무영이 떠올랐는데, 그것은 그가 그 모든 일과 관계가 있다기보다는 그저 그때마다 막연하게 문득문득 떠올랐을 뿐이다.

그랬었던 대무영이었는데, 그가 본격적으로 수면 위로 떠오른 것은 넉 달 전 안휘성에서 일어난 사건 때문이었다.

벙어리로 만들어서 합비의 보천기집 휘하 만희각에 두었던 해란화가 사라진 것이다.

그리고 직후에 줄줄이 밝혀진 경천동지한 사실에 의하면, 해란화 증발 사건에는 안휘성의 왕족 승화 왕자 주연정이 개입되어 있으며, 그녀를 데려간 사람이 대명제국의 황태자인 천화 태자 주도현이라는 사실이다.

그러나 그것은 시작에 불과했다. 느닷없이 나타난 대무영이 천무천인의 충복 생사혈륜 난마를 죽이고 해란화를 되찾아 갔다는 것이다.

뿐인가. 그 일에 천무천인이 개입하면서 사건은 눈덩이처럼 커져만 갔다.

대무영은 해란화와 함께 도주하면서 천무천인의 제자와 수하 팔백여 명을 죽였고, 그 길로 연기처럼 감쪽같이 사라져 버렸다.

그렇게 한바탕 적사파울을 뒤흔들어 놨던 대무영이 넉 달 만에 다시 나타나 안휘성을 휘젓더니 천무천인을 죽이는 청천벽력 같은 대사건이 일어났다.

그리고 뒤따라서 그가 낙양 무림본청에서 무림십오숙을 격퇴시켜 당당하게 천무에 올랐다는 소문이 강호에 파다하게 퍼졌다.

대무영에 대한 보고는 시시각각 숨 가쁘게 적사파울에게 날아들었다.

그리고 대무영의 마지막 행보가 영화 공주의 손을 잡고 나란히 자금성으로 들어간 것이다.

여기까지가 적사파울이 알고 있는 대무영에 대한 전부다. 하지만 그 정도는 강호의 일에 웬만큼 관심을 갖고 귀를 기울이고 있는 사람이라면 누구나 알 수 있는 정보, 아니, 소문이었다.

대무영이 해란화를 구한 것이나 천무천인을 죽이고 또 스스로의 능력으로 쟁천십이류의 천무에 오른 것은 실로 놀랄 만한 일이다.

그러나 지금의 적사파울하고는 하등의 상관이 없는 일이기도 하다.

그는 한 달, 아니, 어쩌면 더 빠른 시일에 새로운 거란국으로 떠날 것이기 때문이다. 그리되면 대무영하고는 죽을 때까지 연관되는 일이 없을 것이다.

그런데 적사파울의 심기를 매우 불편하게 건드리는 것이 있다. 대무영이 도대체 무엇 때문에 자금성에 들어갔느냐는 것이다.

대무영은 적사파울에게 깊은 원한을 품고 있을 것이다. 그런 그가 지금까지 가만히 있었을 리가 없다.

만에 하나, 남북금창이 깡그리 털린 일이나 두 딸 적아와 적명이 죽은 것, 그리고 항주의 보천사가가 털렸다가 다시 돈을 되돌려 준 그 모든 일에 대무영이 개입되어 있다면, 지금 그가 자금성에 들어가 있는 이유는 틀림없이 거란국에 대한 일 때문일 것이다.

적사파울은 일각 이상 자리에 앉아 있지 못하고 계속 정원을 오락가락하고 있는 중이다.

자금성 내에도 그의 첩자가 다수 심어져 있다. 그런데도 첩자들은 아무것도 알아내지 못하고 있다. 다만 대무영이 주지화와 함께 황제를 만나고 있다는 사실만 알려오고 있을 뿐이다.

연간 은자 오십만 냥 이상씩 쏟아붓고 있는 자금성 첩자는 밥값도 못하는 작자들이다.

"주군, 별일 아닐 것입니다. 심려하지 마십시오."

보다 못한 우천계주가 조심스럽게 위로를 하지만 적사파울의 귀에는 들어오지 않았다.

그로부터 한동안 정원을 맴돌던 적사파울이 뚝 걸음을 멈추고 우천계주에게 명령했다.

"오늘 밤에 내가 직접 자금성에 잠입하겠다."

"주군!"

우천계주는 크게 놀라 안색이 급변했다.

"놈을 내 손으로 죽여야지만 마음이 놓일 것 같다."

"그건 안 됩니다."

지금까지 단 한 번도 적사파울을 거역한 적이 없었던 우천계주는 강경하게 반대했다.

"만약 아무것도 아니라면 어쩌시겠습니까?"

그렇다면 긁어서 부스럼을 만드는 꼴이 돼버린다. 자금성은 그야말로 용담호혈이기 때문이다.

천하에서 내로라는 자들조차도 자금성에 잠입하는 것은 자살행위로 간주할 정도다.

게다가 자금성에 잠입하는 것으로 끝나는 게 아니다. 그 안에서 대무영을 찾아내서 죽여야 한다.

천무천인을 죽이고 스스로 천무의 최고봉에 등극한 그를 죽여야 하는 것이다.

적사파울은 자금성에 잠입하는 것도, 대무영을 죽이는 것도 자신이 있다.

그러나 그 다음이 문제다. 대무영을 쥐도 새도 모르게 죽이지 못한다면, 적사파울은 대명제국의 황제와 공주의 공적이 되고 만다.

그리되면 현재 완성 단계에 놓여 있는 새로운 거란국까지 위태로워질 것이다. 아니, 필경 위태로워진다.

"후우……."

어쩌면 우천계주의 말이 맞을지도 모른다. 만약 대무영이 자금성에 들어간 이유가 우려하고 있는 것과는 반대로 아무것도 아니라면, 적사파울의 자금성 잠입과 대무영을 죽이는 것은 최악의 패착이 될 것이다.

"주군!"

그때 저만치 전문 쪽에서 좌천계주가 나는 듯이 달려왔다.

적사파울은 움찔 긴장했다. 좌천계주는 자금성의 첩자를

만나는 일을 하고 있다.

그가 달려오고 있다는 것은 뭔가 새로운 정보를 갖고 왔다는 뜻이다.

"주군! 조금 전 자금성에서 황제가 영화 공주와 대무영의 혼인을 허락했다고 합니다!"

"혼인?"

적사파울은 순간적으로 그 말이 무슨 뜻인지 알지 못했다.

"대무영은 영화 공주와의 혼인을 황제에게 허락받기 위해서 자금성에 들어갔다고 합니다."

"오오… 그런가?"

적사파울은 온몸의 맥이 탁 풀리면서 안도보다는 허탈감이 엄습했다.

자금성의 첩자들은 밥값을 했다.

*   *   *

대무영은 자금성에서 사흘 동안 머물렀다. 물론 주지화의 거처에서다.

사흘 전 밤에 주지화는 순결을 바치면서 정식으로 대무영의 여덟 번째 부인이 되었다.

대무영은 현재 적사파울이 자신을 주시하고 있을 것이라고 판단했다. 자금성에 첩자쯤 심어두지 않았을 적사파울이 아니다.

그는 밤에는 주지화의 거처에서 지내지만 낮에는 은밀하게 주도현과 만나서 적사파울의 거란국에 대해서 긴밀하게 의논을 나누었다.

주도현의 기본적인 입장은 신강에 건국중인 거란국을 깡그리 쓸어버리는 것이다.

그렇지만 돌다리도 두드려보고 건너야 하는 법. 심사숙고해야 한다.

거란인들이 일국을 세울 정도라면 이미 대단한 힘을 길렀다고 봐야 하기 때문이다.

적사파울 한 명을 죽이는 것으로 끝날 일이 아니다. 그랬다면 대무영은 구태여 자금성에 들어오지 않고 혼자서 적사파울을 죽였을 것이다.

적사파울에게는 아들 적야울탄이 있으며, 그 둘을 죽인다고 해도 거란국을 이끌어갈 인물은 얼마든지 있을 것이다.

문제는 적사파울이나 적야울탄 같은 개인이 아니라 거란국이 지니고 있는 전체적인 힘이다. 대무영과 주도현은 그것을 가장 효율적으로 없애기 위해서 자주 밀담을 나누고 있는 것이다.

이것은 전쟁이다. 더구나 주도현이 황제에 즉위한 직후에 일어난 막중한 사건이다.

그러므로 이번 사건을 제대로 처리하지 못한다면 여러모로 좋지 못한 일이 예상된다.

새로운 황제는 무능한 황제라는 낙인이 찍힐 것이고, 거란국은 장차 목에 걸린 가시처럼 대명제국을 핍박하게 될 터이다. 예전 당나라 시절의 거란국도 그랬었다.

다시 밤이 되어 대무영은 주지화와 함께 발가벗은 나신으로 침상에 뒤엉켜 있다.

오늘로써 보름째 두 사람은 밤마다 서너 차례 이상 천지가 뒤집힐 정도로 격렬한 정사를 나누었다.

지난 보름 동안 대무영은 자신이 평생 한 정사보다 몇 곱절이나 더 많은 정사를 했다.

낮에는 주도현하고 지내지만 밤이 되면 별달리 할 일이 없는 그다.

더구나 옆에는 절색미녀 주지화가 있고 둘 다 피가 펄펄 끓는 청춘이다.

눈이 마주치고 살결이 스치기만 해도 불길이 타올라서 서로에게 달려들었다.

오늘 밤 들어서 네 번째 정사를 조금 전에 끝낸 두 사람은 침상에 뒤엉킨 채 누워서 침상 가에서 시녀들이 공손히 바치는 술잔을 받아 마시거나 안주를 먹고 있다.

"음……."

주지화는 자신의 입에 술을 하나 가득 머금었다가 대무영에게 입맞춤하면서 그의 입속에 술을 넣어주었다.

"어머? 또야……."

똑바로 누워 있는 대무영 몸 옆쪽에서 엎드린 자세로 술을 먹여주고 난 주지화는 눈을 동그랗게 뜨고는 아래로 손을 뻗었다.

반각 전에 네 번째 정사를 마쳤는데 그의 음경이 또다시 강철처럼 단단해진 것을 확인하고는 놀라면서도 온몸이 흥분으로 타올랐다.

그녀는 시녀들에게 손짓을 했다.

"너희들은 모두 나가라."

"화야……."

주지화는 인어처럼 희고 매끄러운 몸을 꿈틀거리면서 그의 몸으로 올라갔다.

"흐응… 처음엔 이런 괴물이 내 몸 속에 들어가면 내장이 터져서 죽을 것 같았는데……."

그녀는 허리와 둔부를 들썩이면서 어떤 동작을 취하며 눈이 풀려 중얼거렸다.

"아아… 이제는 하루라도 이 괴물에 찔리지 않으면 죽을 것 같아……."

다음 날 아침에 대무영은 자금성을 떠났으며 그 사실을 아는 사람은 주도현과 주지화뿐이다.

대무영이 가는 곳은 신강이다. 적사파울의 아들 적야울탄을 죽이기 위해서다.

주도현은 모든 준비를 끝냈다. 신강에서 가장 가까운 다섯 지역에 주둔하고 있는 군사들을 신강으로 보냈다. 그 수가 무려 오십만에 달했다.

정보에 의하면 거란군은 십오만이라고 한다. 그런데도 그보다 세 배가 넘는 군사를 동원한 것은 이 기회에 아예 거란족을 발본색원하려는 의도에서다.

대무영은 적야울탄과 그의 측근들을 맡았다. 적사파울의 아들이며 수하들이라면 고강할 것이며, 그들이 명나라 군사들에게 위협적일 것이기 때문이다.

＊　　＊　　＊

주도현은 용상에 앉아 있고 그 앞 십 장 거리에 두 사람이

납작하게 엎드려 있다.

"황상(皇上). 소신이 말씀드린 북방대인(北方大人)입니다."

부복한 두 사람 중에서 왼쪽의 구문제독(九門提督)이 공손히 아뢰었다.

주도현의 부친 선황은 쓸데없는 일에 재정을 많이 허비했기 때문에 주도현이 황제에 올랐을 때에는 황궁의 재정이 바닥을 밑도는 상황이었다.

이틀 전에 구문제독이 알현을 청하더니 중원에서 몇 손가락에 꼽히는 부호가 아무 조건 없이 황궁에 거금을 헌납하려 한다는 말을 했다.

주도현으로서는 무조건 반가운 일이다. 북방대인이라는 자가 어떤 조건을 제시한다고 해도 들어주고 싶을 정도다.

"북방대인은 고개를 들라!"

주도현이 가볍게 고개를 끄떡이자 오른쪽에 서 있던 동창제독이 우렁차게 외쳤다.

북방대인은 조심스럽게 고개를 들고 용상의 주도현을 우러러보았다.

그는 육십오륙 세 정도의 나이에 긴 반백의 수염을 길렀으며 역시 반백의 머리카락을 정갈하게 빗어 상투를 튼 흡사 신선이 강림한 듯 청수한 노인이었다.

주도현은 북방대인의 용모를 보는 순간 그가 선한 사람이라고 믿었다.

북방대인의 용모와 그에게서 풍기는 고결한 기풍은 어느 누구라도 신뢰하게 만들었다.

주도현은 부드러운 미소를 지었다.

"그래, 얼마나 내놓을 수 있소?"

"우선 금화 오백만 냥을 오늘 중으로 자금성에 들여오겠습니다."

"아아……."

"오오… 금화 오백만 냥씩이나……."

금화 오백만 냥이라는 말에 양쪽에 늘어선 신하들이 나직한 탄성을 터뜨렸다.

자금성에 재정이 가장 넉넉했던 시절에 금화 천만 냥을 보유하고 있었다.

현재 자금성의 재고는 금화 삼십만 냥 남짓으로 창고의 바닥이 긁히는 소리가 날 정도다.

그런데 재정이 가장 넉넉했던 시절의 절반에 달하는 금화를 북방대인이 선뜻 내놓겠다는데 놀라지 않을 사람이 어디에 있겠는가.

금화 오백만 냥이면 은자로 이억 오천만 냥이다. 실로 어마어마한 액수에 북방대인을 소개한 구문제독마저도 기겁해서 고개를 들고 입을 딱 벌렸다.

그런데 그것으로 끝나는 것이 아니다. 북방대인은 한 가지 약속을 더 했다.

"이후 시간을 주시면 한 달 이내에 다시 금화 오백만 냥을 갖고 오겠습니다."

주도현은 대무영을 만난 이후 모든 일이 순조롭게 술술 잘 풀리고 있다는 기분이 들었다.

"짐이 그대에게 무엇을 해주면 되겠소?"

주도현이 미소 지으며 묻자 북방대인은 겸손하게 고개를 조아렸다.

"대명제국의 하해 같은 성은을 입고 사는 신민으로서 당연한 일을 했을 뿐이온데 감히 조건이 있겠습니까? 너무도 송구스럽습니다."

"하하하하! 그렇게 말을 하니 그대의 청을 더욱 들어주고 싶군!"

주도현은 고개를 젖히고 황제가 된 이후 가장 기분 좋은 웃음을 터뜨렸다.

"앗!"

"저놈!"

고개를 젖히고 웃고 있는 주도현의 귀에 갑자기 측근들의 다급한 외침이 들려왔다.

뭔가 위험을 감지한 주도현은 급히 정면을 쳐다보다가 움찔 놀랐다.

십 장 거리에 무릎을 꿇고 있던 북방대인이 믿을 수 없을 정도의 빠른 속도로 그를 향해 곧장 쏘아오고 있는 것이 발견되었다.

방금 전까지만 해도 최고로 기분이 고조됐었기에 주도현은 눈앞에서 벌어지고 있는 광경이 현실인지조차도 분간이 되지 않았다.

하지만 한 가지만은 분명했다. 자신이 위험에 빠졌다는 사실이다.

피할 여유가 없다. 그토록 선풍도골의 신선 같은 북방대인은 지금 얼굴을 포악하게 일그러뜨린 채 이미 삼 장 전면까지 쇄도하고 있는 중이다.

주위의 최측근 황궁고수들과 동창제독 등이 황급히 무기를 뽑으며 달려들고 있지만 늦어도 한참 늦었다.

주도현은 급히 공력을 끌어 올려 짓쳐오는 북방대인을 향해 힘껏 쌍장을 내밀었다.

후우웅!

주도현은 잠시 놀랐으나 자신의 능력으로 충분히 북방대인을 제압할 수 있다고 믿었다.

북방대인이 어느 정도 실력인지는 모르지만 자신을 해칠

수는 없을 것이라 확신했다.

　북방대인은 짓쳐오는 속도를 조금도 늦추지 않고 가볍게 오른손을 내밀어 주도현의 쌍장에 대응했다.

　꽈꽝!

　"흐억!"

　무지막지한 굉음이 터지면서 주도현은 입에서 피를 뿜으며 용상에 앉은 채 뒤로 쏜살같이 날아갔다.

　그가 바닥에 나뒹굴기 전에 북방대인이 그의 팔을 가볍게 낚아챈 후에 사뿐히 바닥에 내려섰다.

　쿠쿵!

　그때 갑자기 거대한 대전의 문이 육중하게 닫혔다.

　모두들 놀라서 문을 쳐다보는 순간 갑자기 여기저기에서 날카로운 파공음과 어지러운 비명 소리가 터졌다.

　쐐액!

　쐐애액!

　"크악!"

　"흐악!"

　신하들과 최측근 황궁고수들, 그리고 황군들 뒤쪽에서 시커먼 인영 십여 명이 나타나더니 신하들을 제외한 모든 사람을 무차별 죽이기 시작했다.

　북방대인이 주도현의 마혈을 제압해서 원래 용상이 있던

자리로 그를 끌고 와서 강제로 무릎을 꿇려서 앉힐 무렵, 대전 안에 있던 황궁고수와 황군 총 삼백여 명은 한 명도 남김 없이 깡그리 다 죽음을 당했다.

느닷없이 나타난 검은 인영, 즉 흑의인들은 신하 수십 명을 모두 구석으로 끌고 가서 바닥에 무릎을 꿇렸다.

한 명의 흑의인이 무릎을 꿇고 있는 주도현 옆에 용상을 갖다놓자 북방대인은 거만한 자세로 그곳에 앉았다.

이 모든 일은 실로 한순간에 일어나고 끝났다. 주도현은 금화 천만 냥을 헌납하겠다는 말에 오랜만에 유쾌한 웃음을 터뜨렸다가 그 여운이 채 사라지기도 전에 절망의 바닥으로 추락하고 말았다.

쿵쿵쿵…….

밖에서 굳게 닫힌 문을 두드리고 난리법석을 피우고 있지만 이 전각 전체가 두꺼운 강철로 지어져 있기 때문에 안에서 닫아 잠가 버리면 끄떡없다.

외부의 침입 때 황제를 보호하기 위해서 만들어진 강철 전각이 외려 황제를 가두는 감옥이 되고 말았다.

"으으… 너는 누구냐?"

조금 전 일장 때 가슴에 묵직한 충격을 받은 주도현은 한동안 숨을 쉬지 못하고 헐떡거리다가 겨우 호흡을 가다듬고 용상에 앉아 있는 북방대인을 쏘아보며 물었다.

"놔라! 이놈들아!"

그때 왼쪽 비밀통로 쪽에서 여자의 날카로운 비명 소리가 들리더니 곧 누군가 나타났다.

흑삼을 입은 초로인이 마혈을 제압한 주지화를 어깨에 메고 북방대인 쪽으로 걸어왔다.

"화야!"

"오라버님!"

주지화는 자신의 거처에서 머리치장을 하고 있다가 급습을 받아 끌려와서 주도현 옆에 꿇어앉혀졌다.

"오라버님! 이게 어떻게 된 일이에요? 도대체 이게 다 무슨 일이죠?"

"화야… 나는……."

주도현으로서도 아는 것이 없으므로 해줄 말이 없다.

그때 용상에 거만하게 앉은 북방대인이 팔걸이에 팔꿈치를 대고 손으로 턱을 받친 자세로 주도현과 주지화를 느긋하게 굽어보았다.

"주도현, 너는 나를 건드리지 말았어야 했다."

"무슨 헛소리냐?"

"나는 욕심이 없다. 단지 내 민족끼리 살아갈 내 나라가 필요했을 뿐이다. 알겠느냐?"

"……!"

순간 주도현의 뇌리를 강타하는 것이 있었다. 그는 북방대인이 누군지 깨달았다.

"너는… 적사파울!"

북방대인은 주도현의 말을 부정도 긍정도 하지 않고 말을 이었다.

"네가 보름 전에 신강에 세워질 거란국에 대군을 보냈다는 정보를 입수했다."

주도현은 용상에 앉아 있는 자가 적사파울이 틀림없을 것이라고 확신했다.

북방대인은 허탈한 표정을 지으며 중얼거렸다.

"지금쯤 네가 보낸 대군이 내 동족 거란인들을 죽이고 있겠지. 지난 수백 년 동안 나라 없이 떠돌던 불쌍한 내 동족들을 말이다."

주도현은 지금 이 순간 자신이 할 수 있는 게 없다는 것을 뼈저리게 깨달았다.

"그래서 나는 계획을 바꿨다. 변방 신강이 아니라 아예 대명제국을 뒤집어엎어서 내가 이 땅의 황제가 되기로 말이다. 천지간에 흩어져 있는 내 동족들을 다시 끌어모아서 이 땅에 거란인의 나라를 세울 것이다."

"미친놈!"

퍽!

“흑!”

주도현 뒤에 서 있던 자가 등을 내지르자 그는 앞으로 고꾸라졌다가 내지른 자에 의해서 다시 원래의 자리에 무릎이 꿇려졌다.

“오늘 아침에 대무영이 신강으로 떠났다는 것을 알고 있다. 놈은 내 아들을 죽이러 간 것이겠지. 한두 달 후에 놈이 돌아오면 그때 너희 셋을 함께 죽여주겠다.”

“이 개자식아! 영랑이 돌아오면 제일 먼저 네놈부터 죽일 것이다!”

주지화는 눈물을 흘리면서도 살기 어린 눈빛으로 잡아먹을 듯이 북방대인, 아니, 적사파울에게 저주를 퍼부었다.

적사파울은 주도현과 주지화 뒤에 서 있는 자신의 최측근 우천계주를 쳐다보았다.

주지화가 저런 망발을 퍼붓는데도 우천계주가 아무런 반응이 없기 때문이다.

그런데 어찌 된 일인지 우천계주는 주도현과 주지화 사이 뒤쪽에 장승처럼 우두커니 서 있을 뿐이다.

“우천.”

적사파울이 조용히 불렀지만 우천계주는 대답은커녕 그를 쳐다보지도 않았다.

순간 적사파울은 뭔가 잘못됐다는 사실을 직감했다. 이 강철 전각 속에서 잘못될 일이 없지만, 그의 직감은 한 번도 틀린 적이 없었다.

순간적으로 공력을 끌어올려 기척을 살폈으나 아무것도 감지되지 않았다.

'이건 도대체……'

그가 귀신에 홀린 듯한 표정으로 주위를 둘러보려고 고개를 돌리는 찰나.

"헉!"

천하의 적사파울이지만 자신의 바로 옆에 우뚝 서 있는 흑의인 한 명을 발견하고는 너무 놀라서 헛바람을 들이켜고 말았다.

왼쪽에는 좌천계주가 서 있을 텐데 흑의인은 절대 그가 아니다. 그렇다면 흑의인이 좌천계주를 죽였다는 뜻이다. 그리고 우천계주도 똑같이 당했을 것이다. 도대체 적사파울의 이목을 속이고 언제 그들을 죽였다는 말인가. 실로 귀신이 곡할 노릇이다.

적사파울이 왼쪽을 돌아보다가 흑의인을 발견하고 머릿속에서 번개같이 생각을 굴린 것은 찰나지간. 그는 앉은 자세에서 흑의인을 향해 필생의 공력을 내뿜었다.

꽝—!

제대로 적중됐다는 느낌이 적사파울의 쌍장을 통해서 생

생하게 전해졌다.

그 증거로 방금까지 옆에 서 있던 흑의인이 선 채 뒤로 주르르 밀려나고 있다.

그리고 적사파울은 밀려나는 흑의인이 바로 대무영인 것을 발견하고 득의한 미소를 흘렸다.

"흐흐흐… 네놈이었구나."

적사파울은 용상에서 천천히 일어섰다.

"네놈은 신강에 간 것이 아니었구나."

"갔었지."

대무영은 입술을 꿈틀거리면서 태연히 말하며 적사파울을 향해 천천히 걸어왔다.

그는 방금 전에 적사파울을 죽일 수 있었는데도 그러지 않고 단지 그의 실력이 어느 정도인지 가늠해 보았다. 그 결과 천무천인 정도는 아니라고 간파했다.

적사파울은 방금 일장을 제대로 적중당한 대무영이 아무렇지도 않게 걸어오자 가볍게 흠칫했다.

대무영이 걸어오면서 슬쩍 소매를 흔들자 주도현과 주지화의 마혈이 풀렸다.

"대 형!"

"영랑!"

두 사람은 벌떡 일어나서 기쁜 탄성을 터뜨렸으나 대무영은 손을 저어 오지 말라는 뜻을 전했다.

쐐애액!

그 순간 대전 안에 있던 적사파울의 수하 십여 명이 일제히 대무영을 공격해갔다.

퍽퍽퍽퍽…….

그러나 그들은 쏘아오다가 뚝 멈추더니 그 즉시 박살 나서 먼지가 되어 흩어졌다.

아무리 적사파울이라고 해도 이 순간만큼은 정신을 차릴 수가 없었다.

"너 도대체……."

대무영은 적사파울의 다섯 걸음 앞에 멈추고 차가운 얼굴로 입을 열었다.

"적사파울, 내가 누군지 아느냐?"

대무영이 자신의 진실한 정체인 '적사파울'이라는 이름을 불러도 그는 대답을 못하고 눈을 껌뻑거릴 뿐이다.

"거란족에 의해서 멸망을 당한 발해의 마지막 왕자 대연훈(大延勳)의 직계 후손이 바로 나다."

적사파울은 뜨거운 용광로의 녹인 쇳물을 뒤집어쓴 표정을 지었다.

"설마……."

"나는 그 옛날 대연훈을 안고 중원으로 탈출했던 발해의 장수 도리발(都璃拔)의 후손을 삼 년 전에 만나서 내 신세를 다 알게 되었다.”

적사파울은 고개를 절레절레 흔들었다.

“그럴 리가 없다… 네놈이 대연훈의 후예라니…….”

“나는 이미 중원과 천지간에 떠돌던 모든 고구려와 발해의 후손을 모아서 새로운 고구려를 세웠다.”

“으으…….”

“그리고 새로운 고구려를 세워도 좋다고 황제께 허락을 받았다.”

너무도 큰 충격을 받은 적사파울의 입에서 침이 질질 흘렀고 몸이 와들와들 떨렸다.

대무영은 옆구리에 차고 있던 봇짐을 끌러 안의 내용물을 적사파울 발 앞에 내던졌다.

퉁퉁…….

둥그런 물체가 굴러와 적사파울 앞에 이르러 똑바로 섰다.

그런데 그것은 자신의 외동아들이며 신강에서 거란국을 세우고 있어야 할 적야울탄의 머리였다. 그 머리는 누군가를 원망하듯 너무도 슬픈 표정을 지으면서 똑바로 적사파울을 바라보고 있었다.

“으으으… 아들아…….”

적사파울은 쓰러질 듯이 비틀거리다가 돌연 대무영을 향해 번개같이 덮쳐가며 필생의 쌍장을 발출했다.

"죽어라, 대무영!"

대무영은 빙그레 미소 지으며 고개를 끄떡였다.

"거란의 마지막 왕손이여, 너는 이제 죽어도 된다."

그는 물불을 가리지 않고 쇄도해 오는 적사파울을 향해 잘 가라는 듯 손을 저었다.

저돌적으로 쏘아오던 적사파울의 몸이 마치 한 장의 그림처럼 그 자리에서 뚝 정지했다.

"너……."

그는 처참하게 일그러진 얼굴로 대무영을 바라보면서 무슨 말인가 하려는 듯 입술을 달싹이다가 그대로 터져 버렸다.

펙!

그는 흔적조차 남기지 못하고 먼지가 되어 허공에 흩어졌다.

그렇게 거란이 졌다.

*　　　*　　　*

초여름. 고구려인들의 무릉도원 향격리랍의 두 번째 큰 마을인 동이경(東夷京).

중원으로의 관문인 영해호의 푸른 물결을 헤치고 지금 한 척의 배가 동이경 포구에 도착하고 있다.

배의 선수에는 네 사람이 나란히 서 있다. 대무영과 주지화, 나운정, 그리고 안수려다. 중원에서의 모든 일을 끝내고 이제 향격리랍에 도착하고 있는 것이다.

대무영은 포구 너머를 가리키며 미소 지었다.

"저기가 앞으로 우리가 살아갈 나라 조선(朝鮮)이다."

조선이라는 국명은 도단야가 고구려와 그 전대의 역사를 살피면서 심사숙고한 끝에 찾아낸 것이다.

주지화와 나운정, 안수려는 포구에 가득 나와 있는 사람들과 그 너머 마치 천상의 무릉도원 같은 풍경을 바라보면서 저절로 눈물이 흘렀다.

포구에는 대무영의 측근은 모두 나와 있었는데, 그중에서도 맨 앞줄에 나란히 서 있는 눈부시도록 아름다운 여섯 명의 여자가 가장 눈에 띄었다.

그녀들 해란화와 유조, 소연, 도해, 서가, 파로는 손에 손을 잡고 뱃전의 대무영을 향해 종달새처럼 외쳤다.

"영랑—! 어서 오세요—!"

대무영은 그녀들을 보면서 뻐기듯이 득의한 미소를 지으며 중얼거렸다.

“그리고 저들은 내 마누라다.”

주지화와 나운정이 대무영의 양쪽 팔에 매달렸다.

“저희들도요!”

나운정은 이곳으로 오는 배 안에서 대무영의 진짜 부인이
됐다.

『독보행』完

FANTASTIC ORIENTAL HEROES
백야 新무협 판타지 소설

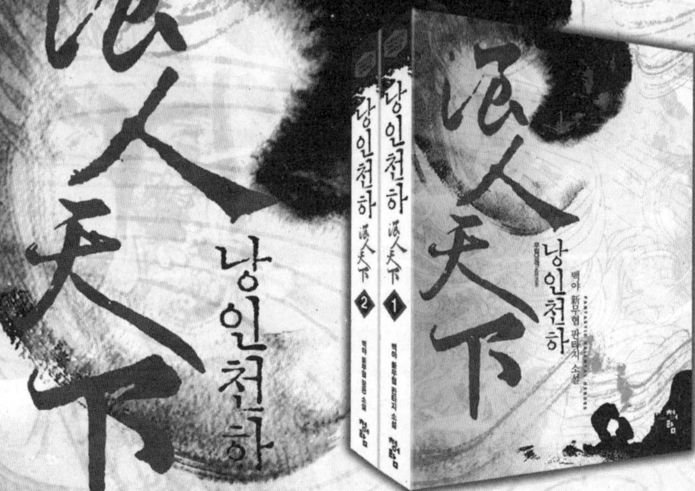
낭인천하 浪人天下 2
낭인천하 浪人天下 1
낭인천하
백야 新무협 판타지 소설
FANTASTIC ORIENTAL HEROES

절대귀환

FANTASTIC ORIENTAL HEROES

이루성 新무협 판타지 소설

과거의 명문정파 태백문.
봉문상태인 그곳에서 장자 백태산이
납치당했다!
그것도… 할아버지 백태상에게!

10년 후 돌아온 백태산.
힘을 숨기고 평범하게 살려던 그가
억지로 무림에 나섰을 때
모든 이가 그 전율에 몸서리치리라!

**"올바르지 않다면 고개 돌지 마라,
무림이여!"**

정마대전 이후 숨죽여 온 무림 세력들.
그들이 태동을 꿈꾸는 천하에
절대의 전설이 돌아온다!

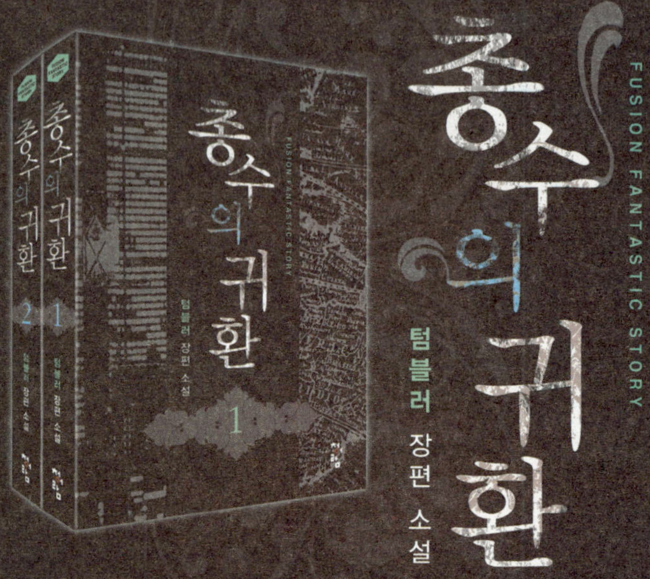

종수의 귀환
FUSION FANTASTIC STORY
템블러 장편 소설